大魔術
嫁ぎまし
～形式上の妻ですが、
なぜか溺愛されています～
1
novel スピラ

グレアム
クウィスロフト国の
女王の弟
大魔術師
アレクシア
クレヴァリー公爵家
の令嬢

オルグ
アレクシアの
専属護衛
黒豹の獣人
エイブラム
エイデン国の
第三王子
白虎の獣人
デイブ
執事
マーシアの夫
マーシア
メイド頭
元グレアムの
乳母
メロディ
メイド
デイブ夫妻の
ひとり娘

（あー……可愛い……）

novel スピラ

大魔術師様に嫁ぎまして 1

～形式上の妻ですが、なぜか溺愛されています～

Dai majyutushi sama ni totugimashite

狭山ひびき
illustration
木ノ下きの

Contents

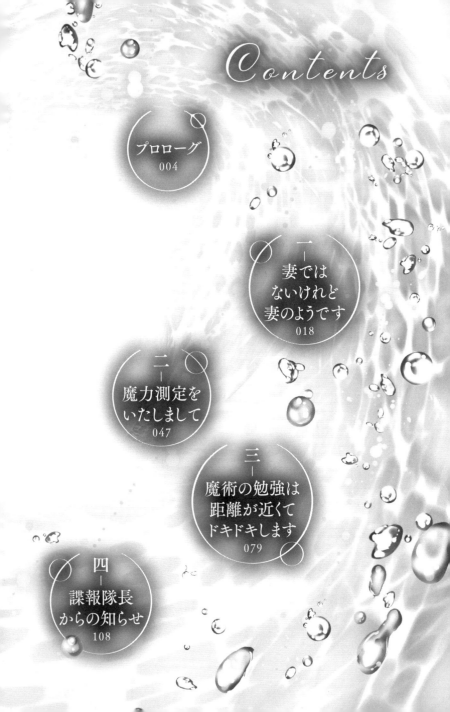

プロローグ

水竜が眠るとされるクウィスロフト国の、最北。

エイデン国との国境の近くに冷たくそびえたつ城には、ちょっと気難しい大魔術師が住んでいらっしゃいます。

北の国からの侵略を防ぐために無骨に広がる高い城壁に囲まれた城の上空には常に暗雲が垂れ込めていると聞きますし、城やその眼下に広がる城下町は年中雪に覆われているとも聞きます。

北の城のあたり一帯の地名はコードウェルと言いまして、もともとはコードウェル辺境伯が治めていた場所だそうです。

しかしコードウェル辺境伯はお年を召して、跡継ぎもいらっしゃらなかったため、かわりの領主として白羽の矢が立ったのが、クウィスロフト国で最強の名を持つ、当時十五歳の大魔術師様であり、現女王陛下の弟君でいらっしゃる方だったそうです。

「すごい……大きいですね……」

馬車がゆっくり停車すると、わたくしアレクシア・クレヴァリーは、少ない荷物を片手に馬車を下り、眼前にそびえたつ巨大な城を見上げました。

「はー……」

王都ではまだ秋の装いであったというのに、ここでは吐いた息が白く凍ります。

クウィスロフト国は南北に長い国です。

王都は国の中央より少し南寄りに位置しており、そのためここと比べるとずいぶんと暖かいのです。同じ国の中ではありますが地域によってかなり季節感が違うのは、南北に長い国ならではでしょう。

空を見上げれば、噂に聞く暗雲は見当たりませんでしたが、薄灰色の雲に覆われていて、どこからか飛ばされてきた風花《かざはな》がはらはらと白く舞っておりました。

わたくしは寒さにふるりと肩を震わせて、二の腕をこすりました。

わたくしのたいして艶のないぱさついた金髪が、冷たい風にもてあそばれていきます。

寒いです。

やはり、羞恥を捨ててコートを持ってきた方がよかったでしょうか。

ですがわたくしが実家で持っていたコートというのは、果たしてコートと呼べるのかどうか怪しいほどつぎはぎだらけで、まるで巨大な雑巾のようなものなのです。

と言いますのも、使い古されてボロボロになった穴だらけのコートに、同じく使い古されて捨てられていた衣服などをせっせと縫い合わせて作った自作のものですので、とてもではございませんが、人様にお見せできるようなものではないのでございます。

……さすがに、今から嫁ごうという女が、そんなものを着ていくわけには参りません。あまりにもお相手に無礼でございますから。

先ほども申しました通り、王都では秋の装いでございます。

わたくしは家族に嫌われておりましたが、女王陛下のご命令で嫁ぐ以上、嫁入り支度はしてくださいました。

けれど、王都は秋の過ごしやすい気候で、わたくしの実家は南の国境付近に領地を持っている公爵家ですので、父たちは北の事情に疎いのでございましょう。

かく言うわたくしも、生まれてから一度も王都から出たことはございませんので、北がこれほどまでに寒いとは思いませんでしたし。

わたくしが嫁入り支度にいただいたのは、秋物のドレスが数点と、女王陛下が持たせてくださった金貨の入った袋だけでございました。こちらの中身は間に合わなかった支度に使うお金で、好きに使えばいいと女王陛下はおっしゃいましたが、王都から一か月以上もかかる道中で、御者の方やわたくしの宿代、食事代で半分ほどなくなりました。

特に北側の地域に入ってからは馬車の中も寒く、毛布を買い足したり、御者の方の防寒具を買ったりしたからでしょう。宿も、しっかりと暖が取れる場所を選んだので少々お高くつきました。

この上、わたくしのコートを買うなんて贅沢はできません。わたくしよりも、御者台に座っている御者さんの防寒を優先すべきですから。

……まさか、お父様が御者さんに路銀《ろぎん》を渡していなかったとは思いませんでしたもの。女王陛下がくださったお金があってよかったと思います。

「ここまで送ってくださりありがとうございました。あのう、帰り道にも路銀が必要でしょうから、こちらをお持ちくださいませ」

「いいのかい？」

「もちろんです。どうぞお気を付けてお帰りください」

女王陛下がくださった金貨は、まだ十枚ほど残っております。

わたくしが金貨の入った袋を差し出せば、御者の方はにこにこと笑いながらそれを受け取り、

「嬢ちゃん、元気でなぁー」と明るく手を振って去っていきました。

あの御者の方はクレヴァリー公爵家の御者ではなく、今回特別に雇った方だそうですが、とても気さくないい方です。帰り道の無事をお祈りしましょう。

馬車が見えなくなると、わたくしは改めて城に向き直りました。

外壁が白いからでしょうか。それとも周囲の空気が凍てついているからでしょうか。まるで冷たい氷の城のように見えてしまいますね。

わたくしはトランクを抱えなおし、城の門番に声をかけました。

「女王陛下から先ぶれがあったかと思われますが、わたくし、アレクシア・クレヴァリーと申します。クレヴァリー公爵家の者です。大魔術師様に嫁いでまいりました」

「これはこれはご丁寧に。デイヴから聞いてますよ」

「デイヴ様」

なるほど、大魔術師様のお名前はデイヴ様とおっしゃるのかと思って頷けば、門番さんが笑いながら首を横に振りました。

「デイヴは執事の名です。旦那様はグレアム様とおっしゃいますが……まあ、少々気難しいです

が、俺たちにはいい方ですよ」

「グレアム様」

旦那様は大魔術師様で女王陛下の弟君ということは知っていましたが、そういえばお名前をうかがっておりませんでした。ご本人を前に失礼を働く前に教えてもらって助かりました。

ところで……。

門番さんが開けてくれた通用口をくぐりながら、わたくしは改めて門番さんに向き直りました。

「そのような薄着で、寒くはございませんか？」

わたくしも秋物のドレスだけですので、こちらの気候には合っていない出で立ちですが、門番さんはさらに輪をかけて薄着です。だって、半袖一枚なのです。鎧《よろい》もありません。

門番さんはきょとんとして、それから「わっはっは」と豪快に笑い出しました。

「嬢ちゃん、獣人を見るのははじめてかい？」

「獣人……？」

噂には聞いたことがございます。

わたくしは特別な事情がある場合を除き、公爵家の外には出していただけませんでしたので、世事《せじ》には本当に疎いのでございます。ですので、わたくしが知っている世の中のことは、ほとんどが邸《やしき》の中で語られる噂話で聞き及んだことばかりなのです。

聞いた話によりますと、獣人とは、獣にも人の姿にもなれる種族で、普段は利便性から人の姿で生活している方々だそうです。

しかし、クウィスロフト国では、そのぅ、非常に遺憾なことに、過去に獣人を迫害していた歴史がございます。そのため、その数は非常に少なく、生活していた王都では一度も姿を見たことがございません。もしかしたら、王都にもいたのかもしれませんが、わたくしはほとんど公爵家から出ることはありませんでしたので、一度も目にしたことはございませんでした。

わたくしの父も義母も、異母姉も、クウィスロフト国の貴族にありがちと申しますか、いまだに獣人に偏見を持っておりますので、使用人の中に獣人はおりませんでしたし。

でも、ここで獣人がお仕事をしているということは、大魔術師様――もとい、グレアム様は、女王の弟君でいらっしゃるのに、獣人に偏見がないということでしょう。それはとても素晴らしいことだと思います。

外見で偏見を持たれるのは、とても、悲しいことでございますからね。

「俺は熊の獣人でね、寒さにはめっぽう強いんだ」

「まあ、くまさん」

残念ながら、わたくしは本物の熊を見たことがありません。どのような外見なのでしょうか。すごく気になりましたが、まさかここで獣の姿になってほしいとは申せませんから、またの機会を待つことにいたします。ここで暮らしていれば、きっとお目にかかることもあるはずですものね。

「それはそうと、お嬢ちゃん……おっと、奥様だな。奥様の方が寒いだろう。風邪を引く前に、早く城の中に入った方がいい。こっちだ」

奥様……。

確かに嫁いできましたが、その呼び方は面はゆい感じがいたしますね。

ああ、でも、わたくし、きちんと奥様業ができるのでしょうか。

ここにきて、わたくしはとても心配になりました。

だって、わたくしは愚図でのろまの出来損ないなのです。


わたくしは、クレヴァリー公爵家の次女でございます。

と言いましても、わたくしの母は、父が戯《たわむ》れに手を付けたメイドだったそうで、わたくしが生まれてすぐに息を引き取ったと聞いております。

父は外聞を気にして、わたくしを本妻の子として出生届を出し、育てることにいたしましたが、当然、義母となった本妻やその子である異母姉が面白く思うはずもございません。

一応、十二歳までは乳母や家庭教師が付けられ、邸の端っこではございましたが部屋も与えられ、基本的な教養は身につけさせていただきましたが、十二歳になってからは状況が一変しました。

なぜならわたくしは、生まれながらにして少々人と違った色を持っていたのでございます。

肌や金の色をした髪は問題ございませんでしたが、わたくしの瞳は赤に近い紫色をしており、時折金色の光彩が輝くのです。

この、金光彩が問題でした。

父や義母、異母姉はこの瞳を気味悪がり、常に遠ざけておりましたが、瞳の中の金色の光彩が年を追うごとに頻繁に現れるようになり、父は、わたくしを政治道具として利用することをあきらめたようでした。

政治道具――つまり、政略結婚の道具ですね。

わたくしは使えない道具になりましたので、当然、立場も一変します。

十二歳まではかろうじて令嬢らしい生活を送らせていただけておりましたが、父が欠陥品と認めてからは、使用人以下の扱いになりました。

一応、屋根裏にある小さな倉庫を部屋としていただけましたが、扱いは使用人のさらに下の下働きのようなものでした。

そのため、わたくしの令嬢教育は十二歳で止まっており、大魔術師様、それも女王の弟殿下の妻になれるような教養はないのでございます。

……わたくしではなく、お姉様であれば、よかったのでしょうけど。

とはいえ、もともとこの縁談は、少々複雑な事情が絡んでいるのでございます。

ええっと、端的に申しますと、この国のお世継ぎ問題でございます。

女王陛下――スカーレット様は、現在御年三十二歳の美しい方でございますが、まだ誰とも結婚なさっておりません。

それだけならまだよかったのですが、そのぅ、スカーレット様はとても気さくで優しく、また政治手腕にも優れた大変有能な方でございますが、ある欠点がございました。

そう、男性が、とてもお好きなのでございます。

わたくしは直接目にしたことはございませんが、異母姉が言うには、スカーレット様は貴賤問わず大勢の男性を囲っており、何人かお子様もお生まれになりましたが、どうやらお子様方のお父君が誰なのかがさっぱりわからないのだそうです。

そして、お子様たちを可愛がってはいらっしゃるのですが、お父上がどなたかがわからないというご事情から、世継ぎに必要な教育は誰一人として受けさせていないとか。

わたくしは政治に疎いのでよくわかりませんが、異母姉が言うには、王になる方は、その血筋がとても重要視されるのだそうです。女王陛下の血を引いていても、父親の血筋がわからなければ、のちのちいろいろな面倒ごとを巻き起こす可能性があると言います。

……どういうわけか、この話をしたあとで必ず異母姉は、わたくしの母親がどこの誰とも知らない卑しい身分だからお前はダメなのだということをおっしゃるのですが、王族だけではなく貴族も血筋というものが尊ばれるということなのでしょうね。

もちろん今後、女王陛下がどなたかお一人の男性を愛し、伴侶となさって、お子様をお産みになることもあるやもしれませんが、即位して十年もこの調子でございましたので、大臣様たちもあきらめたそうです。

すべて異母姉から聞いたことですので、どこまでが真実であるのかはわかりませんが、女王陛下が今のところご自身の子を次の王にするつもりがないのは本当のようです。

そのような背景から、スカーレット様のご意向もあり、最終的に世継ぎは王弟であるグレアム様のお子様にということで落ち着きました。

しかしここでもう一つ問題が発生します。

現在二十六歳のグレアム様は、まだ結婚なさっていらっしゃらなかったのです。

それどころか、人嫌いで有名ですので、王都に戻ってくることはまずありません。

お見合いさせようにも本人が人前に出てこないので不可能。そして、大魔術師と恐れられているグレアム様に嫁ぎたがる令嬢は、募集をかけてもなかなか現れなかったのでございます。

生まれた子を世継ぎとするからには、それなりの出自の令嬢でなければならない。

けれども、釣り合いが取れる高位貴族のご令嬢は、ことごとくグレアム様を恐れて妻になりたくないとおっしゃるのです。

女王陛下や大臣の皆様は悩みに悩み、その結果、白羽の矢が立ったのがわたくしでした。

わたくしは知りませんでしたが、わたくしの金光彩の入った赤い目は、王都ではちょっと有名だったようでして。

わたくしならば、グレアム様の目を見ても忌避感《きひかん》を抱かないと判断されたのでございましょう。

お父様としては、わたくしを厄介払いするのにちょうどよかったと思うので、女王陛下のご提案を断る理由はなかったでしょうし。

つぎはぎだらけのメイド服しか持っていなかったわたくしは、あれよあれよという間にドレスを着せられ、女王陛下に面会いたしました。

はじめてお会いしたスカーレット様は、それはもうお美しい方でいらっしゃいましたよ。

スカーレット様はわたくしを見て、ちょっと申し訳なさそうな顔をしてから、「弟をお願いしますね」とお言葉をくださいました。

そして、わたくしと二人きりで話がしたいとおっしゃったあとで、そっと金貨の詰まった袋を渡してくださったのです。

――弟ほどではないけれど、わたくしにもそこそこ強い魔力があるのよ。あなたの事情は知っているわ。

スカーレット様は、すべてを見透かすような目でそうおっしゃいました。

――弟は気難しいけれど、あの家にいるよりは、ずっとましでしょう？　そうなることを祈っています。

そっとわたくしの手を握ってくださったスカーレット様の手が、とても温かかったのを覚えています。

そうしてわたくしは、この地へ送り出されたのでございます。

……不安でも、ここで頑張るしかありませんね。

奥様業が務まるかどうかわかりませんが、不足があればこれから努力すればいいのです。

「いらっしゃいませ、奥様。お待ち申し上げておりました」

門番さんに連れられてわたくしが城の中に入りますと、焦げ茶色の髪をした五十歳ほどの男性が出迎えてくださいました。この方が執事のデイヴさんだそうです。

デイヴさんの後ろには、四十代半ばほどの、黒髪に青い瞳の女性が立っていました。メイド服を着ているので、メイドさんでしょうか。

「はじめまして、アレクシア・クレヴァリーと申します。本日からお世話になります。足りぬところも多々あるかと存じますが、どうぞよろしくお願いいたします」

「これはこれはご丁寧に。メイド頭のマーシアです。奥様、遠路はるばるようこそお越しくださいました。寒かったでしょう。こちらへ、ご案内いたします」

マーシアさんはわたくしの薄いドレスを見てわずかに眉をひそめてから、わたくしの手からトランクを取り、少し急ぎ足で応接室へ案内してくださいました。

応接室に入った途端、わたくしの体から力が抜けていきます。

ぽかぽかと、暖かいです。爆《は》ぜながら赤く燃えている暖炉の炎の、なんと力強いことでしょう。

「すっかり体が冷えていらっしゃいますね。今、温かいお茶を――」

マーシアさんが、そう言ってベルを手にしたときでした。

前触れなくガチャリという音とともに応接室の扉が開いて、銀髪の背の高い男性が入ってきました。

「旦那様！」

マーシアさんが驚いた声を上げました。

旦那様、ということはこの方がグレアム様でしょうか。

肩より少し長いくらいの銀色の髪に、神秘的な金色の瞳をした、びっくりするくらい整った外見の方です。

魔術師様と聞いて、わたくしは勝手に華奢な方をイメージしていたのですが、身長もとてもお高くて、まるで騎士様のようです。王弟殿下に向かって騎士様のようだと思うのは失礼にあたるかもしれませんが。

……この方に、嫁ぐのでしょうか。

わたくしの不安が大きくなります。

だって、すごく素敵な方なのです。

気難しそうに眉根を寄せていらっしゃいますが、そんなことも気にならないくらいの――なんと言いますか、大天使様かと見まがうばかりの、とんでもなくお美しい方でございます。

……やせっぽちで、みそっかすな出来損ないと言われるわたくしでは、とてもではないですが釣り合いがとれません。

グレアム様は慌てて立ち上がろうとしたわたくしを一瞥し、ふん、と鼻を鳴らしました。

「嫁はいらんと言っただろう。つまみ出せ！」

わたくしの心が、音を立てて凍り付きました。

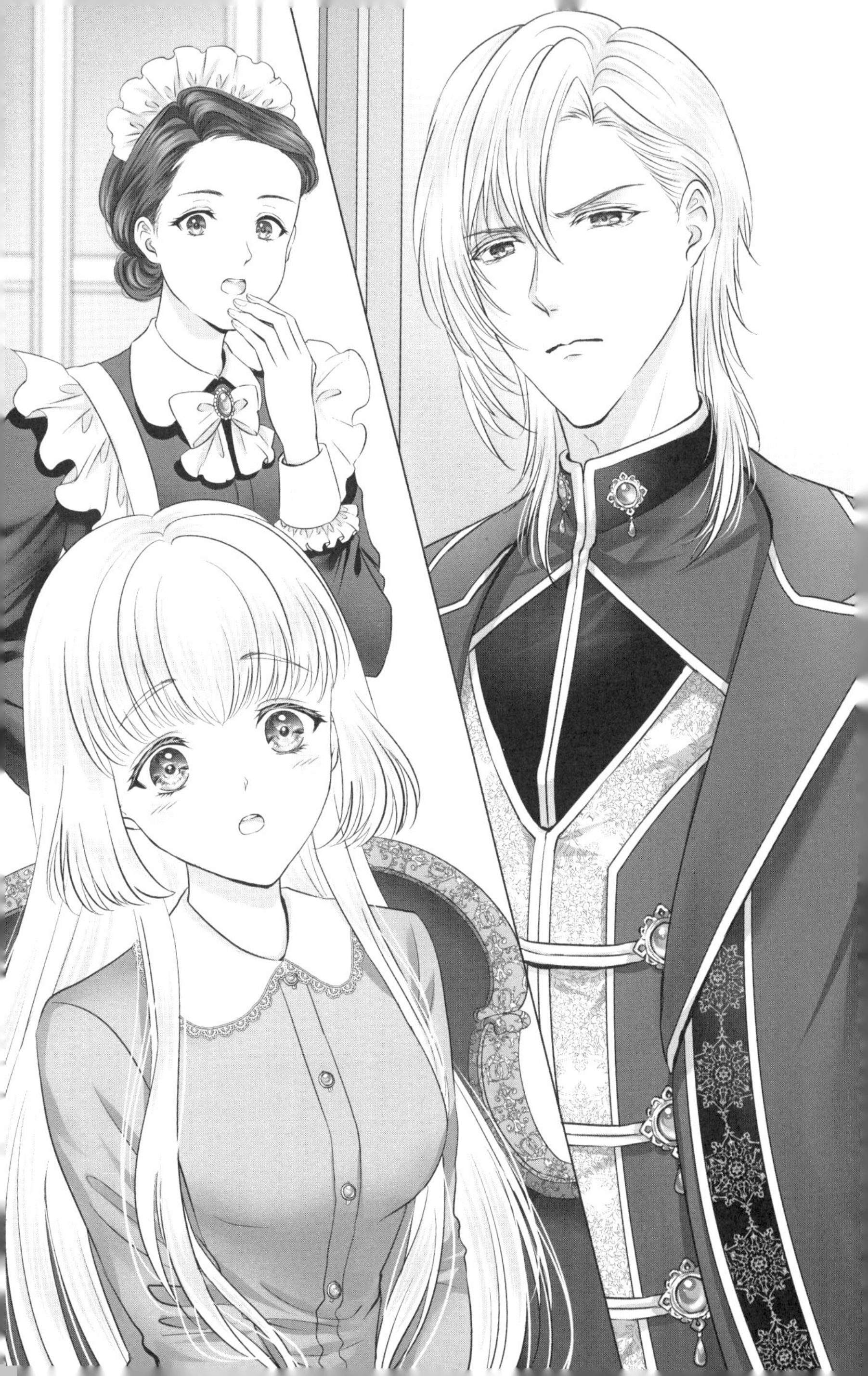

一　妻ではないけれど妻のようです

それは、アレクシア・クレヴァリーがコードウェルに到着する二週間ほど前のことだった。

しばらく連絡をよこさなかった姉、スカーレットからの突然の手紙に、グレアムはあきれを通り越して怒りを覚えていた。

「何を考えているんだ、姉上も、大臣たちも！」

手紙を握りつぶし、床に放り投げると、執事のデイヴがそれを丁寧に拾い上げた。

デイヴは、グレアムの乳母であり、コードウェルに引っ越してからはメイド頭を任せているマーシアの夫だ。この城にいる「人間」は、デイヴとマーシア、そして夫妻の娘であるメロディの三人しかいない。ほかは、この地に来て雇い入れた獣人たちだけだ。

ここは王都から離れているからなのか、それとも北の国境に隣接しているのが獣人の治めるエイデン国だからなのか、クウィスロフト国の中でも獣人の多い地域だ。

人の世で生きるには少々特殊な「色」を持ったグレアムにとっては、逆にそれが居心地のいい場所でもある。

「目を通しても？」

「好きにしろ！」

訊ねたデイヴにグレアムは乱暴に答えて、ソファにごろりと横になった。

しばらく、暖炉で薪が爆ぜる音とデイヴが手紙を読むかすかな紙の音だけが室内に響く。

ややあって、苦笑を噛み殺しながらデイヴが言った。

「これはまた、なんといいますか……ご愁傷様ですとしか」

デイヴのその言い分に、グレアムはますます腹が立った。

この理不尽さに対する答えが「ご愁傷様」だけとは。

いや、もちろんグレアムもわかっている。スカーレットは姉である前に女王だ。そして女王の印が押されたこの手紙は、姉が弟に宛てた単なるご機嫌伺いの気やすい手紙ではない。これは正式な文書であり、女王から王弟への命令なのだ。手紙の文章が「やっほー」からはじまる砕けた――いや、ふざけたものであろうとも！

ゆえにグレアムがいかに腹を立てようと、この手紙を無視することはできない。デイヴもそれがわかっているから、下手な慰めは言わず、ただ同情したのである。

「何が国の最重要事項だ。ただ単に姉上の奔放さが招いた結果ではないか！　なぜ俺が姉上の尻拭いなど……ああ、忌々しい！」

だが、グレアムはやはり「わかって」いた。

スカーレットは、男にだらしないという欠点があるものの、王としては優秀だ。そして弟想いの優しい姉でもある。

生まれ持った色のせいで両親から顧みられず、王都でも肩身の狭い思いをしていたグレアムのことを考えて、姉はこの北方の地に住めるように手を尽くしてくれた。そうして、王族の義務を放棄して、のんびりと自由気ままに暮らすことを許してくれた。

だからこそ、グレアムはスカーレットに恩を感じていたし、姉が困ることがあれば手を貸そうとも思ってはいたのだ。

(でも、いくらなんでもこれはないだろう！)

手紙には、公爵令嬢を一人送るから嫁に取るようにと書かれていた。

そして、生まれた子を王家の世継ぎにするから、子供ができたらすぐに知らせろとも。

しばらく離れて暮らしているとはいえスカーレットの考えそうなことくらいわかる。

スカーレットは恋愛に奔放な性格だが、その欠点を除けば聡明だ。そんな姉が、自分が産んだ子の父親が誰だかわからないなどという愚かな結果を招くはずがない。対外的には父親不詳としているが、本人は間違いなく把握しているはずである。

(実際に俺も何人かは知っているしな)

その中には次期王の父であっても問題のない血筋の人間もいる。

だというのに、スカーレットが子供の父親はわからないと言い張るには理由があるのだ。

(姉上は昔から俺を気にしすぎなんだ)

スカーレットはグレアムには相応の評価が与えられるべきだと考えている。しかし他国ならばいざ知らず、クウィスロフト国ではグレアムの「色」は人々に忌避感情を抱かせるのだ。

他国であれば魔力の多いグレアムが王位に就いていただろう。クウィスロフト国が特殊なのだと言われればそれまでだが、スカーレットはそれでは納得しなかった。

王にならずとも、グレアムは認められるべきだと――昔から、姉の考えは変わらない。

その結果がこれだ。ならばせめて、グレアムの子を次の王に。次期王の父親であれば、貴族は、世間は、グレアムを避けることはできなくなる。

これも姉の愛情だろう。けれどもグレアムは、わかっていても容易に受け入れることはできなかった。これが命令だとしても、だ。

「俺の子を世継ぎなど……。『竜目《りゅうめ》』が生まれても知らないぞ」

「旦那様……」

グレアムが気遣うような声を出すが、今更だ。

グレアムは、王家に多く現れる銀髪を持っていたが、同時に、非常に稀に王家に現れる『竜目』と呼ばれる金色の瞳を持っていた。

クウィスロフト国の王家は、竜の血を引いているのだ。

竜は、魔物とは似て非なる存在で、世界に六体しか存在しないと言われている。

風、火、土、水、光、闇。

世界に存在する六属性にそれぞれ一体ずついると言われる竜は人前に姿を現さなくなって久しいが、クウィスロフト王家は、その中の水竜の血を引いているのだ。

と言っても、今ではすっかり幻となった竜が実際にこの地に暮らしていたのは、千年ほど昔のことである。

千年前、この地で暮らしていたのは、銀色のうろこに金色の瞳を持った、それはそれは優美な竜だったそうだ。

この地が欲しかった初代国王は、竜とある条件を交わしてこの地に建国した。

その交換条件とは、竜の伴侶となることだった。

この地に住んでいた竜はメスで、初代国王と番《つがい》となり、子を産んだ。

竜は初代国王の死とともに、地下深くで長い長い眠りについたが、竜の血は王家に受け継がれた。

けれども今から八百年前。

竜の血を濃く受け継いだ金色の目をした王子が、力を暴走させてこの国を滅ぼしかけてしまう。

王子は兄王子によって倒されたが、以来、金色の目は『竜目』と呼ばれ、恐れられるようになった。その後も金の目をした子は何人か生まれたが、グレアムは二百年ぶりの『竜目』だった。

『竜目』を持って生まれたグレアムは、竜の血が濃くあらわれているからなのか生まれながらにとてつもない魔力を持っていたが、そのせいか小さいころから魔力を暴走させることが多かった。

先王である父の子が、スカーレットとグレアムの二人しかいなかったため、世継ぎのスペアであるグレアムが殺されることはなかったが、両親はグレアムを恐れ、そして臣民の多くも彼を避けた。

グレアムを恐れなかったのは、姉のスカーレットと、乳母のマーシアとその家族——あとは多少の変わり者が数人だけだ。

「陛下は、生まれた子が『竜目』だからと言って気になさいませんよ」

そうかもしれない。

スカーレットは、過去にたった一度——八百年前に『竜目』の王子が起こした騒ぎを、それほど危険視していない。

というのも、過去に生まれた『竜目』のうち、国を亡ぼす騒ぎを起こしたのは、後にも先にも八百年前の王子ただ一人だけだったからだ。

たまたま力を暴走させた王子が『竜目』だった。それだけで恐れ忌み嫌うのは、この地を託してくれた千年前の竜に対する冒瀆だと姉は言う。

（しかし、いくら姉上が優秀でも、その言葉を信じる臣民が果たしてどれだけいることか）

百年前まで続いていた獣人に対する迫害もそうだ。

獣人は、金色の目をしている者が多い。

最初のきっかけは、そんな金色の目をした獣人がある貴族を傷つけたことだったらしい。

もう何百年も前の記録なので、詳細はグレアムもわからない。

だが、それがきっかけで金目が生まれる確率の高い獣人を竜目と同じく忌むべき存在として迫害し、虐殺したという忌まわしき過去がこの国にはある。

グレアムの子を世継ぎにとスカーレットは決めたそうだが、その子が『竜目』であったならば、臣下たちはこぞって反対するだろう。

『竜目』は魔力量が多い者の象徴だ。十五歳のときから大魔術師と言われ恐れられていたほどの魔力量を持つグレアムの子なら、相当な魔力を持って生まれるはずである。『竜目』である確率が高い。

　それだけが理由というわけではないが、だからグレアムは結婚するつもりはなかったし、子を持つつもりもなかった。

「このアレクシア・クレヴァリーとかいう公爵令嬢も、生贄にされて可哀想なものだな」

「またそのような……」

「すでに王都を出発したとあるから止めるのは不可能だろう。だが、受け入れるつもりは毛頭ない。ここへ来たら追い返せ。いいな」

「ですから、女王陛下のご命令……」

「花嫁が逃げ帰ったと言えばいい」

　取り付く島もないグレアムに、デイヴがはあとため息をつく。

　グレアムはデイヴが手紙を丁寧にたたむのを見て、ぱちりと指を鳴らした。

　直後、グレアムの手にあった手紙が一瞬で木っ端みじんになった。

「……旦那様」

「手紙は届かなかったと誤魔化してもいいな」

　デイヴはやれやれと首を横に振り、くるりと踵を返した。

　大方、アレクシア・クレヴァリーとかいう女が来たときの対処法を妻のマーシアと話し合うのだろう。

　話し合ったところで無駄だ。グレアムは、誰をよこされようとも、絶対に妻は娶らない。

「ま、こんな雪だらけのところ、来る前に逃げ帰るかもしれないな」

雪に覆われ、獣人だらけの北方のコードウェル地方に、好んでやってくる貴族はほぼいない。

ここを治めるのがコードウェル辺境伯だったバーグソンではなくグレアムになってからは特にだ。

（……そういえば、バーグソンのじいさんは、獣人に対して偏見はなかったようだな）

寒いけれどいいところですよ。

そう言ってグレアムにこの地を託して隠居したバーグソンは、この地の獣人たちに受け入れられていた。

「……まさか、今回の件にあのじいさんが一枚かんでるんじゃないだろうな」

早く結婚して家庭を持てと口酸っぱく言い続けていたバーグソンは、今はこのコードウェル城の南に広がる城下町で、邸を構えて暮らしている。

そして、おせっかいにも定期的にスカーレットにグレアムの近況を報告しているようなのだ。

グレアムは窓の外で吹き荒れはじめた雪を見て、ちっと舌打ちした。

☆

「嫁はいらんと言っただろう。つまみ出せ！」

わたくしは息を呑んで、冷ややかにこちらを見下ろしているグレアム様を見上げました。

生家の様子がそうでしたので、ここに来ても温かく迎え入れてくださるとは期待しておりませんでしたが、来て早々つまみ出せと言われるとはさすがに思いもしませんでした。

……どうしましょう。外は雪がいっぱいです。女王陛下からいただいたお金も、御者さんの帰りの路銀としてすべてお渡ししてしまいました。ここを追い出されても、行くところがございません。こんな薄着では、きっと明日の朝までに氷漬けになっていることでしょう。

青ざめるわたくしを見下ろすグレアム様の瞳は、美しい金色をしていました。

わたくしの赤紫色の瞳にたまに現れるという金光彩ではございません。まごうことなき金色でございます。なんて綺麗なのでしょう。

グレアム様の持つお色のことは耳にしたことはございますが、実際に見ると、あまりの美しさに吸い込まれてしまいそうです。

ここから放り出されるかもしれないという恐怖よりも、わたくしはグレアム様の瞳の色に心を奪われてしまいました。

じっと見つめていると、グレアム様が少し戸惑った表情をなさいます。

「なんだ、そんなにこの目が珍しいのか」

「はい。……こんなに綺麗な目を見たのは、生まれてはじめてでございますから」

「な……！」

グレアム様に見入ってぼんやりと答えると、一瞬にしてグレアム様の頬に朱がさしました。

直後、ぷっと小さく吹き出す声が聞こえます。首を巡らせると、マーシアさんが口元を押さえて肩を震わせていらっしゃいました。

「ようございましたね、旦那様。奥様は旦那様の目が、恐ろしくはないようですよ」

「お、奥様ではない！　マーシア！　デイヴ！　アレクシア・クレヴァリーがここに到着しても城へは入れるなと言っておいただろうが！」

グレアム様の怒鳴り声に、わたくしは思わずびくりと肩を震わせてしまいました。

グレアム様が、ハッとしたようにわたくしを見ます。

……わたくし、やっぱり招かれざる客のようです。

女王陛下はグレアム様に嫁ぐようにとわたくしにお命じになりましたが、どうやら手違いがあったのでしょう。グレアム様にはわたくしの存在がご迷惑なようです。

しかし、ここで外に放り出されては、わたくしは生きていくことができません。物理的に、氷漬けになって死んでしまいます。

グレアム様の綺麗な瞳にぼけっと見入っている場合ではございませんでした。なんとかしなくては。なんとか……。

「あ、あのぅ、旦那様……」

「旦那様と呼ぶな！　グレアムだ」

「は、はい。グレアム様……」

妻として受け入れるつもりのない娘に旦那様と呼ばれるのは不快なのでしょう。グレアム様はぐっと眉を寄せてわたくしに訂正させます。

「グレアム様、その……ご迷惑なのは重々承知しております。ですが、わたくし、ここを追い出されると行くところがございません。お金も、持っていなくて……。ですので、下働きで結構でございます。こちらで働かせていただくことはできませんでしょうか?」

「……は?」

グレアム様の目が点になりました。

あきれているのでしょう。そうに違いありません。わたくしも、とても図々しいお願いをしていることはわかっております。

ですが、その……。とても美しい金色の目をしているグレアム様なら、わたくしの目に金光彩があるという理由だけで忌み嫌ったりしないのではないかと、ちょっとだけ期待してしまったのです。

この目を持つわたくしが、グレアム様に忌避感情を抱かないだろうという理由から花嫁候補に上がったのと同じように、きっとグレアム様も、わたくしの目を気味悪がらないだろうと。

妻として受け入れていただけなくても、下働きとしてなら雇ってくださるかもしれない。そんな図々しい期待を抱いてしまったわたくしは、なんと愚かなのでしょうか。

「む、無理でございますよね……。わ、わかりました……」

この薄着で外に放り出されるのは死と隣り合わせでしかなくて、怖いです。

しかし、それはあくまでわたくしの事情です。ここはグレアム様のお城でございます。主人がダメだと言っているのに、居座り続けることはできません。

……大丈夫です。うまくすれば、凍死する前に、どこか住み込みで働かせてくれるところを見つけられるかもしれません。

見つからなくても、トランクに入っているドレスをすべて売れば、一晩か二晩、宿に泊まることはできるでしょう。

わたくしは生まれてこの方お金を扱ったことがございませんので、ここに来るまでも、必要な物の購入や宿の手配は御者さんにお願いしておりました。ゆえにドレスの価値はわかりませんが、とても上等な絹のドレスでございます。宿代くらいにはなるはずです。

着替えがなくなってしまうのは不安ですが、死ぬよりましですからね。

「申し訳ございません。不躾なことを申しました。ご不快にしてしまいましたことをお許しください。すぐに出ていきますので……」

わたくしが頭を下げてから立ち上がろうとすると、マーシアさんが慌ててわたくしの肩を押さえました。

「旦那様！　この寒い中、本当に外に放り――」

言いかけていたマーシアさんの声が、途中で止まりました。

わたくしの肩を押さえている手に視線を落とし、大きく目を見開きます。

どうしたのでしょう。

わたくしが首を傾げておりますと、マーシアさんはわたくしの手を取って立ち上がらせ、グレアム様を押しのけました。

「さあ奥様、お部屋にご案内いたしましょう。お話は明日になさいませ。いえ、このようなお話の通じない方の相手をする必要はございません。お部屋で温かいお茶でも入れて差し上げましょうね」

「お、おい、マーシア――」

マーシアさんは戸惑っているグレアム様を無視して、わたくしの背中をぐいぐいと押しました。いいのでしょうか。

わたくしもグレアム様同様戸惑ってしまいましたが、マーシアさんの力は強く、押されるままに足を動かすしかありません。

「あの、マーシアさん……」

「長旅でお疲れでしょう。今日のところはゆっくりと疲れを癒してくださいませ。お茶を飲んでいる間に、お風呂の準備をいたしますね」

「お風呂……」

なんと、お風呂を貸してくださるそうです。

わたくしは、口から出かけていた戸惑いをぐっと飲み込みました。

体がとても冷えていますので、温かいお風呂には入りたいです。

十二歳を過ぎてからは、クレヴァリー公爵家ではお風呂をいただくことはありませんでした。使用人以下の扱いのわたくしに、温かいお湯が提供されることはなかったのです。ですので、井戸から水を汲んで体を清めることはあっても、バスタブでお湯につかるなんて贅沢はクレヴァリー公爵家では許されていなかったのですが、この旅の間は、宿を取っていましたので、それこそ何年かぶりに温かいお風呂を使っておりました。

旅の間に、どうやらわたくしは、湯を使う贅沢に慣れてしまったのでしょう。

グレアム様はわたくしの存在を疎ましくお思いのようですので、申し訳ないと思う気持ちはありますが、お風呂という欲求に抗えそうにありません。

……これから先の身の振り方はわかりませんが、今日のところは、お言葉に甘えてお風呂に入って温まりたいです。

欲求に抗えない意地汚いわたくしは、マーシアさんに身を任せることにいたしました。

☆

「旦那様」

グレアムの前から強引にアレクシアを連れ去ったマーシアが、しばらくして応接間に戻ってきた。

「あの女はどうした」

「あの女ではなくアレクシア様です。奥様でしたら、メロディに任せてきました」

メロディとはマーシアとデイヴの一人娘だ。

応接間に取り残されていたグレアムは、「そうか」と短くつぶやき、それからマーシアの表情を見てぎくりとして肩を揺らした。

マーシアがぎゅっと眉を寄せ、説教を開始する前のような顔をしていたからだ。

乳母だったマーシアには、幼いころに何度も叱られた。

大人になった今でも、その記憶は鮮明に残っているので、どうしてもこの顔には苦手意識を持ってしまう。

「お話がございます」

いつもより低く、抑揚のない声。

その声を聞いた途端、薄情にもデイヴはそそくさと部屋を出ていった。

二人きりになった応接間に、短い沈黙が落ちる。

座るように視線で示されたのでソファに浅く腰を掛けると、マーシアは小さなため息をついてから口を開いた。

「先ほどの旦那様の態度は、ほめられたものではございませんでした。遠路はるばるやってきた女性に開口一番つまみ出せなどと。マーシアは、旦那様をそのような思いやりのない人間に育てた覚えはございません」

「だが、俺は――」

「ええ、旦那様のお気持ちも、マーシアはよーく理解しておりますとも。ですが、それでも先ほどの態度はいけません。それにもう一つ。旦那様は普段はとても思慮深い方のはずですが、アレクシア様を見て、旦那様は何もお気付きになりませんでしたか？」

「何をだ？」

怪訝そうに眉をひそめると、マーシアはあきれたように首を横に振った。

「いろいろございましたでしょう。少ない荷物、薄いドレス、おかしいとは思いませんでしたか？　それに、先ほど軽く肩に触れただけでしたので詳しくはわかりませんが、あの方は恐ろしくやせ細っておられるようでした」

荷物は見ていないから知らないが、言われてみればこの寒いのにずいぶんと薄着をしていた気がする。

寒さや暑さに強い獣人を見ているので違和感を覚えなかったのかもしれないが、言われてみれば人間にはあのドレスではここはさぞ寒かっただろう。王都を出発するときはよくても、道中は寒さが堪えたのではなかろうか。

（それに、やせ細っていた？　それほど道中が過酷だったのか？　そんな馬鹿な）

門番の話では、馬車で来たとのことだった。嫁ぐ支度をしたのは生家なのだろうが、公爵家の娘なのだ、しっかりと嫁入り支度は整えられただろうし、ここまでも丁寧に送り届けられた……はずだ。

「……まさか道中で追いはぎにでもあったのか？」

「旦那様……」

そうではありませんよ、とマーシアはまた首を横に振った。

「あの方の目を見ても何もお気付きになりませんでしたか」

「目？」

「アレクシア様の目は、何色でございました？」

「何色って、赤紫――」

言いかけて、グレアムはハッとした。

獣人相手にしていたから、これもそれほど違和感を覚えなかったが、そうだ、アレクシアの瞳には金色の光彩があった。人間社会の中では、あの色はさぞ目立ったに違いない。

「………まさか」

先ほどの、アレクシアの言葉が思い出される。

――グレアム様、その……ご迷惑なのは重々承知しております。ですが、わたくし、ここを追い出されると行くところがございません。お金も、持っていなくて……。ですので、下働きで結構でございます。こちらで働かせていただくことはできませんでしょうか？

申し訳なさそうな顔で、小さな声で、そう言ったアレクシア。

（公爵令嬢が下働き？　しかも、金を持っていないとはどういうことだ？）

通常嫁入りの際は持参金を持たせる。

今回の場合は王家の都合があるため持参金が免除されている可能性が高いが、それでも無一文で来るはずがない。

「待て……アレクシアは一人で来たのか？」

「そうでございますよ」

言われるまで、嫁いできたアレクシアの状況がおかしいことに気が付かなかったが、マーシアの指摘で、奇妙な点がいくつも浮かび上がってきた。

通常、高位の貴族が嫁入りする際は、腹心の侍女が一人か二人ついてくるものだ。

荷物も、少なくとも馬車一台分。多ければ数台にもわたる量のものを持ってくる。

さらに、王都からここまで一か月以上もかかるのだ。安全な道を選んでくるとはいえ、数人の護衛をつけて送り出すのが普通だった。

それなのに、少ない荷物でたった一人で連れてこられ、城の前で一人で馬車から降ろされた。

これではまるで――

(捨てられたみたいだ……)

もちろん、王命で嫁いできたのだ。生家の公爵家が、王命で嫁ぐ娘を「捨てた」とは考えられない。

けれど、アレクシアの状況は、まるでそれに近い扱いであったとしか思えなかった。

(金色の光彩……。そうか。アレクシアも……)

彼女も、『竜目』の被害者なのかもしれない。

だってそうだろう? 裕福なはずの公爵家で育ちながらやせ細り、自由になる金もなく、下働きでもいいから置いてくれと言う。普通ならばあり得ない。

「……アレクシアは、今どうしている?」

「体が冷えていらっしゃいましたので、お風呂に入っていただいています。お疲れでしょうから夕食の時間までゆっくりしていただこうかと」

「ああ……それがいいだろうな」

グレアムは、ゆっくりと頷いた。

誰も娶るつもりはない。その意思は変わらない。

だが、来て早々のアレクシアを追い出そうとしたのは、間違っていた。

「マーシア」

「はい」

「……デイヴに言って、アレクシアが公爵家でどのような扱いを受けていたのか、ここまでどうやって来たのかを調べるよう言ってくれ。諜報隊を使えば、すぐに調べられるだろう」

コードウェルは辺境だけあって、ほかの領地よりも大規模な軍を持つことが認められている。さらには、この地の軍人の多くは獣人で、人間よりもずっと屈強だ。諜報隊と言われる、主に鳥人で結成された情報収集部隊もおり、はっきり言って、人数では劣るものの、その優秀さは王都の軍に引けを取らないだけのものがあった。

「かしこまりました」

「あと、それから……」

頭を下げて部屋を出ていこうとしたマーシアに、グレアムは少し躊躇いがちに続けた。

「……アレクシアに、しばらくの間はここにいていいと、伝えておいてくれ」

マーシアの言う通り、先ほどのあの発言はさすがになかった。

グレアムがしゅんと肩を落として言うと、マーシアは「承りました」と小さく笑った。

☆

「え？　ここにいていいんですか？」

お風呂から上がって、暖炉のそばで温かいお茶をいただいていたときのことでした。

先ほど、わたくしのトランクに入っていた着替えでは薄いからと言って、マーシアさんの娘のメロディさんが、「わたしのお古で申し訳ないですが……」と言いながら、暖かい冬用のワンピースを用意してくださったのです。至れり尽くせりで申し訳なく思っていると、その後すぐにマーシアさんがやってきて、グレアム様がここで暮らしていいとおっしゃったと教えてくださいました。

……これは、夢でしょうか。

先ほど追い出されかけたばかりでしたので、にわかには信じることができませんでした。

驚いて、ぱちぱちと目をしばたたいておりますと、マーシアさんが微笑んで大きく頷きます。

つまり、グレアム様はわたくしの無遠慮なお願いをお聞き届けくださって、わたくしをここで下働きとして働かせてくださるということでしょうか。

なんて、お優しい方でしょう。熊の獣人さんが「いい方」だとおっしゃっていましたが本当です。こんな、何の役にも立ちそうもないわたくしを雇ってくださるなんて、とっても懐が深い方でなければできません。

お風呂上がりで少々格好はつきませんが、わたくしは立ち上がり、マーシアさんに向かってしゃんと背筋を伸ばしました。

ご厚意に報いるためにも、誠心誠意お仕事に励まなくては！

「マーシアさん、わたくし、早く皆様のお役に立てるよう、お仕事を覚えます。ですのでどうぞ、よろしくお願いいたします」

深々と頭を下げますと、マーシアさんが慌てたようにわたくしの手を取りました。

「お、奥様、何か勘違いをなさっているようですが……」

「どうぞアレクシアとお呼びください。わたくしが嫁いでくるというお話は、どうも手違いがあったようですので……」

奥様と呼ばれることをこのまま黙認しておくのは、図々しい気がします。なぜならわたくしは妻ではないからです。グレアム様はわたくしを娶るつもりはないようですので、奥様ではないのです。ただの使用人が、奥様と呼ばれてはいけません。

それまで黙って成り行きを見ていたメロディさんが、くすくすと笑い出しました。

メロディさんは、デイヴさんとマーシアさんの娘さんで、お二人と同じくこのお城で働いているそうです。メイドさんだそうですが、デイヴさんやマーシアさんのお手伝いで、お城の使用人さんたちの采配をとることもあるみたいです。デイヴさんによく似た茶色い髪に、マーシアさんと同じ青い瞳の、わたくしよりも少し背の高いスタイルのいい方でございます。グレアム様の乳姉弟でもいらっしゃるそうですよ！

「奥様は奥様ですよ。だって、この結婚は女王陛下のご命令ですもの。旦那様は少々面倒くさい性格をしていますけど、ここにいていいという言質《げんち》を取ったのですから、堂々としていればいいのです。旦那様がたとえ奥様をお城から追い出そうとしても、夫婦になった以上、それはただの別居扱いです。王命の結婚ですので、勝手に離縁はできませんからね。旦那様には、奥様の生活を整える義務がございます。もしまた出て行けと言われたら、堂々と住む邸と使用人と生活費を要求すればいいのですよ」

メロディさんはあっけらかんとした口調でおっしゃいますが、それはちょっとダメな気がします。押し付けられた女の生活費をグレアム様がお出しになる義務があるなんて、あまりにも無茶苦茶です。グレアム様がお可哀想でございます。

それなのに、マーシアさんも当然とばかりに頷いていらっしゃいます。

……でも、メロディさんのお話が本当ならば、形式上の「奥様」として、わたくしはいったい、ここで何をすればいいのでしょう。

ただの居候というのは気が引けます。

グレアム様は娶るつもりはないと断言なさったので、妻としての役目は与えられないでしょう。ただの形式上の妻ですので、女主人のようにふるまうのは、あまりにも傲慢というものです。

……あら？　妻でもなく使用人にもしていただけないのならば、わたくしのお仕事はない気がするのですが……。

このままでは、何の仕事もないただのごくつぶしということになってしまいます。

「あの、マーシアさん」

「どうぞ、マーシアとお呼びください、奥様。娘のことはメロディと」

「さん」を付けてはダメなようです。少々気が引けますが、わたくしが「奥様」の立場のままであるなら、使用人に当たるマーシアさん——いえ、マーシアたちを「さん」付けで呼ぶと、困るのはマーシアたちでしょう。

「マーシア……」

最後に小さく「さん」を付けそうになるのを必死で飲み込めば、マーシアがにこりと微笑みました。

「何でございましょう」

「あの、わたくしが、グレアム様に嫁いできた立場のままということはわかりました。ですが、旦那様はわたくしを娶るつもりはないとおっしゃいました。つまり、わたくしには『奥様』としてのお仕事がございません。……わたくしはここで、何をすればよろしいでしょうか」

「何も……とお答えしたいところですが、そうすると奥様は困るのでしょうね」

「そう、ですね。できれば何かお役目があると、その……落ち着きます」

何もすることがないのに生活の面倒だけ見てもらえるというのは気が引けるのです。

マーシアが困ったように頬に手を当てました。

あとからわかったことですが、このコードウェルのお城には獣人の使用人さんがたくさんいて、お仕事は余っていないそうです。新参者の、しかも勝手のわからないわたくしに与えられる仕事などないに等しかったのでございます。

メロディもマーシアの隣で困ったような顔をして、それからポンと手を打ちました。

「奥様、魔術はお使いになれますか？」

「魔術、でございますか？」

わたくしは驚いて目を丸くしました。

魔術を使える人は魔術師と呼ばれますが、それはとても稀有な存在です。

人は多かれ少なかれ魔力を体に有しておりますが、魔術として使えるだけの魔力を持った人間は少ないのでございます。

魔術が使えるだけの魔力を持って生まれた子は、貴賤を問わず魔術学校に入学し、魔術の何たるかを学びます。そして卒業後は、たいてい国の要職に就くのです。

わたくしの父や義母、異母姉は、魔術を使えるだけの魔力を持っておりませんでしたので、魔術師ではございませんでした。

わたくしは――、この目があるからなのか、気味悪がられて、普通は幼少期に教会で行われる魔力測定に連れていかれませんでした。ゆえに魔術が使えるほど魔力を持っているのかどうかがわかりません。

けれど、実家の――それも、公爵家の事情を、いくら婚家とはいえぺらぺらとしゃべるのは憚られます。お訊ねになったのが主人であるグレアム様なら、形式上ではありますが妻として答える義務がございますけれど、マーシアたちに説明していいのかどうかはわかりません。それにマーシアたちはわたくしの生い立ちについて訊ねたわけではありませんので、訊かれてもいないことをぺらぺらとしゃべるものではございません。

「その……、わたくしは、魔力測定を行っていないのです」

ですので、実家でどのような扱いを受けていたのかは伏せて、わたくしが端的に答えますと、今度は二人が驚いたようでした。

「「魔力測定をしていない⁉」」

まあ、さすがは母娘。息ぴったりです。

感心していますと、マーシアは見る見るうちに表情を険しくしました。

対してメロディは茫然としています。

「奥様のその目を拝見しますに、おそらくですが魔力は多い方だと思われます」

マーシアに目のことを指摘されて、わたくしは思わずぴくりと肩を揺らしてしまいました。

金色の光彩がまた出ているのでしょうか。最近では本当に頻繁に出ているようですので、おそらくもう気付かれてはいると思いますが、この目の色のせいで実家では忌み嫌われておりましたわたくしとしては、マーシアがどのような反応をするのか、ちょっと怖いです。

美しい金色の瞳を持ったグレアム様にお仕えしているマーシアたちが、金色の光彩を嫌うとは思えませんが、これまでの経験から、どうしても怯えてしまうのでございます。

……異母姉や義母のように、化け物と叫んでお皿を投げつけたり……されませんよね？

全身に力を入れて二人の反応を窺っておりますと、メロディがわたくしの肩に触れて、そっと座るように促しました。

ソファに腰を下ろすと、メロディがわたくしの手を優しく握ります。

メロディは、グレアム様と同じ二十六歳だそうです。

わたくしは十七歳ですので九つ年が離れております。

だからでしょうか、時折、メロディは幼い子供を見るような目をわたくしに向けるのです。メロディから見れば、わたくしはまだ小さな子供のようなものなのでしょうね。

「明日にでもさっそく魔力量を測定しましょう。……魔力が多すぎると、正しい扱いを覚えなければ暴走を起こすこともあります。測定を急ぎ、多いようなら早急に魔力の扱いを覚えなければいけません」

幼少期に魔力測定をさせるのは、魔術師の要素を持った者を探すのではなく、魔力量の多い者を見つけ、暴走を起こさないように導くという意味合いがあったらしいです。知りませんでした。

わたくしが無言で頷きますと、メロディが優しく目を細めました。

「魔力量を測定し、魔術を扱えるようになれば、奥様にお願いしたいお仕事はたくさんございます」

マーシアもメロディも魔術を使えるほど魔力はないそうです。

獣人さんたちは魔力持ちが多いですが、彼らは彼らの魔力の使い方がございます。魔術に似たような力を使うことはできますが、人のように繊細な魔術は扱えないそうです。

「ここは寒いところでしょう？　ですから、人が安全に生活するために、あちこちに魔術具があるのです。その魔術具を稼働させるのは、獣人にはできません。旦那様が一手に引き受けておられますが、奥様がお手伝いくだされればとても助かります。旦那様も趣味に回す時間が増えて喜ぶでしょう」

「魔術具がたくさんあるのですか？」

魔術具はとても大きなものだと聞いたことがあります。

実際に見たことはございませんが、魔物が寿命を迎えて死んだのちに生む魔石を使用して作るとても便利なものなのだそうです。

ただ、作るのが大変で、とても貴重なものなので、一般に売られているものではございません。王都でも、魔術具は城に一つだけしかないと聞いています。それは有事の際に王都を守るための結界の魔術具だそうで、普段は稼働させていないそうです。

もっとも、わたくしがこのお話を聞いたのは十二歳までつけられていた教師からでしたから、この五年の間に変化があったかもしれませんが、お金と時間と魔力とそして高度な技術が必要となる魔術具は、一つ作るのも大変と聞きますのでおそらく増えてはいない気がします。

王都にも一つしかなかったというのに、ここにはたくさん……。すごいです。さすが、北の国防の要ですね。

わたくしがどのようなものなのかしらと想像しておりますと、メロディが指を折りながら教えてくれました。

「雪崩《なだれ》を防ぐ魔術具に、凍った道を溶かす魔術具。それからそうそう、珍しいものでは、湯を沸かす魔術具もあります。王都では必要なかったでしょうけど、ここは冬が厳しいので、火で湯を沸かしてもすぐに冷たくなってしまうのと、時間がかかるのとで、魔術具を使って常に湯を沸かしているのです。城下町はそれを利用して、用水路に湯を流しているんですよ。流れているうちに少し熱いお風呂くらいの温度になるので、人はそれをお風呂に利用したり、生活用水にしたりしています」

あれ、わたくしが思っていた魔術具と、どうも違うようです。

ですが確かに、こうも雪深い土地だと、そういった魔術具が必要になるのでしょう。冬なんて、水がすぐ凍りそうですものね。

それらすべてをグレアム様お一人で稼働させているのであれば、きっと大変でしょうね。

「旦那様がこちらに引っ越されるまでは、国が大勢の魔術師を派遣していたようですけど、旦那様が不要だとおっしゃったので、コードウェルには魔術師が少ないんです」

魔力測定のあと、魔術が使えるだけの魔力を持っているとわかった人は、学園に入学する年齢になれば王都へ旅立ちます。卒業後はそのまま国の要職に就くことが多いので、故郷に戻ってくる人はほとんどいないのです。

……わたくしに、魔術を使えるだけの魔力があれば、お役に立てる。

あくまで魔力測定をしてみないことにはわかりませんが、魔術が使えるだけの魔力があって、魔術を覚えれば、わたくしにも仕事が与えられるようです。

ここでふと、先ほどメロディが言っていた言葉が気になりました。

「メロディ、旦那様のご趣味とは……？」

訊いていいことなのかどうかわかりませんので、メロディが少しでも嫌な顔をしたら質問を取り下げようと、じっと彼女の顔を見つめておりますと、メロディが肩をすくめました。

「魔術具研究ですよ。はじめると寝食を忘れて没頭するんです。困ったものです」

「まあ……」

魔術具の研究とは、グレアム様はとっても優秀な方なのかもしれません。

なぜなら魔術具の研究は、王都でも行われております。国立の研究機関が作られていて、魔術師の中でもとても優秀な方しか入ることができない最難関の機関です。そんな大勢の優秀な人が勤めていても、亀の歩みほどに遅々としてしか成果は出ないのだとか。

その研究を、お一人で。

……国で一番の大魔術師様というお名前を、わたくし、侮っていたのかもしれません。

わたくしは、マーシアとメロディに気付かれないように、そっと小さく息を吐きました。

……形式上とはいえ、そんな優秀な大魔術師様の「奥様」がわたくしで、本当にいいのでしょうか。

二 魔力測定をいたしまして

コードウェルの空は一年の三分の二は雲に覆われているそうですが、逆に言えば、一年の三分の一は青空が広がっているということです。

噂では、常に暗雲が垂れ込めていると聞いておりましたが、全然違います。

コードウェルに来た翌日の朝。

わたくしは、結露で曇った窓から差し込む朝日に嬉しくなりました。

今日は、魔力測定の日です。

なんだかちょっぴりわくわくしてしまうのは、魔術が使えるだけの魔力があれば、ここでお仕事が与えられるからでしょう。

昨日の夕食時も、今朝の朝食時もグレアム様は現れませんでした。

昨夜の夕食時にダイニングに下りたときは、きっとわたくしが疎ましいからいらっしゃらないのだと落ち込んでしまったのですが、マーシアによりますと、ご趣味の魔術具研究のために地下にある研究室にこもられているらしいのです。

そうなれば、いくら声をかけても出てこないので、食事は研究室の隣の部屋に置いて、そーっとしておくのだとか。

……寝食を忘れて没頭なさると、昨日メロディが言っていましたものね。

グレアム様へは、デイヴさんが部屋の外からわたくしが魔力測定へ向かうと伝言くださって、許可もいただいたそうです。

昨日の夕食も驚いたのですが、今朝も恐れ多いほど豪華な朝食をいただいて、わたくしはメロディのお古のワンピースに着替えました。

わたくしが持ってきたドレスは薄くて暖かくないため、クローゼットの奥深くにしまってあります。

マーシアが、わたくしの服を作らなければいけないとおっしゃっていました。

作っていただけるのはとてもありがたいことなのですが、わたくしはお金を持っておりません。マーシアもメロディも、妻の服を買うのは夫の仕事だと言っていましたが、甘えてしまってよろしいのでしょうか。

わたくしがメロディのお古でいいのですけどと伝えたところ、マーシアとメロディの二人に叱られてしまいました。

奥様がお古を着るのはダメなのだそうです。

でも、メロディは背が高く、たいしてわたくしは女性の平均的な身長で、しかもやせっぽちですので、メロディが子供のころに着たお古でないと丈が合わないため、仕方なく応急処置的にこちらを着てもらうことにしたのだとかなんとかと言っていました。

「ドレスを仕立てるのには時間がかかりますから、今日の夕方にでもいくつか既製品を持ってきてもらえるよう手配いたしました。当面は既製品で我慢してくださいませ」

わたくしのたいして艶のない金髪を丁寧に梳きながらメロディが言います。

メロディに言わせれば、栄養が足りずパサついている髪も、保湿して、丁寧に整えていけば艶々のさらさらになるのだとか。異母姉の艶々でさらさらな髪がうらやましかったわたくしは、ちょっと嬉しくなります。わたくしでも、整えればまだましになるところがあったのです。

それにしても、既製品で我慢なんて……。そんな、むしろわざわざ仕立てていただかなくても、既製品でいいのですけどね。サイズが合わなくても、手直しくらいならわたくしでもできますし。このようなことを言ってはダメそうな雰囲気ですので口には出しませんが、その……コードウェルへ到着して早々、グレアム様にたくさんお金を使わせてしまってよろしいのでしょうか。

……怒られたらどうしましょう。

初対面で「つまみ出せ」と言われた昨日から、わたくしは一度もグレアム様にお会いしておりません。直接ご意向を確認できないのですごく心配です。

いいえ、マーシアやメロディの言葉を信用していないわけではないのですけど、わたくしがグレアム様に望まれていないことは、昨日で充分理解できましたから。そんな女に無駄なお金は使いたくないと思われるのではないでしょうか。

「髪飾りはこちらでいかがでしょう？　わたしのおさがりで申し訳ないのですけど」

そう言って、メロディが薄ピンク色のリボンでできた薔薇のような髪飾りを頭に挿してくださいました。

「わたくしは飾りがなくても……」

「せっかく美人さんなんですから、着飾らなくてどうするんですか」

……美人さん。

生まれてはじめて言われた言葉に、わたくしは目を丸くしました。

わたくしはやせっぽちのみそっかすで、美人さんではありません。

肌もがさがさで、髪もぱさぱさで、気味が悪いと言われる目をしていますし、ほめていただけるようなところはどこにもないのです。

だというのに……、美人さんと言われて、面はゆくも喜んでしまう自分がいます。お世辞だとわかっていても嬉しいものなのですね。

わたくしが照れている間に、メロディは手早くわたくしの支度をすませてしまいました。

髪飾り以外にも、お化粧もされて、魔力測定に向かうだけですのに、着飾られてしまいました。

「あら、奥様。とても可愛らしいですわ」

メロディのお古のコートを持って、マーシアがやってきました。

着飾られたわたくしを見て、優しく目を細めます。

「魔力測定は城下の教会で行いますから、コートを着てくださいませ。城からそれほど離れておりませんけど、外は寒いですからね」

マーシアがわたくしには少し大きいコートを着せてくださいます。

わたくしが実家で持っていたつぎはぎだらけの雑巾のようなコートとは違って、このコートはとても暖かいです。

デイヴさんに見送られて、わたくしはマーシアと、護衛の獣人さんと一緒に城を出ました。

コードウェルはグレアム様がしっかり治めていらっしゃいますので、治安がとってもいいところだそうですが、最近になって、北の国境と接しているエイデン国の一部の様子が少々きな臭いのだそうです。

エイデン国は獣人の王をいただいている武力国家で、本気でこちらに攻め入られればクウィスロフト国の被害は甚大なものになるでしょう。

百年前までクウィスロフト国は獣人を迫害しておりましたが、決してエイデン国に攻め入ることはございませんでした。クウィスロフト国の方が分が悪いからです。ですが、クウィスロフト国で迫害された獣人の多くはエイデン国に逃げ込んだため、あちらの国はクウィスロフト国にいい印象を抱いておりません。今は均衡を保っておりますが、もし何かの拍子に開戦となれば大変なことです。

幸いにして、このコードウェルは獣人が多く、グレアム様も彼らを差別することなく手厚く遇しておりますので、ここに住む獣人の方々がうまくエイデン国と交流しているのだそうです。今のところ、少しきな臭さはありますが、開戦になるほど大きな問題には発展していないとメロディが教えてくれました。

グレアム様本人も、エイデン国の王族の方と仲がよろしいのだとか。ですので、よほどのことがない限りエイデン国から攻め入られることはないそうですが、グレアム様に嫁いできたわたくしを、この状況で一人歩きはさせられないのだとメロディは言います。

形式上とはいえ、王弟であるグレアム様の妻のわたくしに何かあれば、国際問題に発展しかねないとのことでした。

……どうしましょう。取るに足らないわたくしが、いつの間にか大変な立場に置かれていますよ。わたくしの油断で国際問題に発展……なんてことがないようにしなければ。

「奥様、足元が滑るから気を付けな」

「はい、ありがとうございます」

本日護衛についてくださった獣人さん――オルグさんが、にかっと白い歯を見せて笑います。

オルグさんは、黒豹の獣人さんなんだそうですが、普段は黒髪に金色の目の背の高い青年です。

わたくしが暮らしていた王都では金色の目の方は見たことがございませんでしたが、獣人が多く暮らすコードウェルでは、金色の目をよく見かけます。獣人さんは魔力が多いので、金色の目をして生まれやすいのだそうです。

そのおかげなのか、わたくしの赤紫色の瞳に現れる金光彩は、誰も気にしていないようです。

……ここでは、金光彩を気にせず過ごせそうですね。よかったです。

女王陛下が、実家にいるよりもこちらの方が過ごしやすいだろうとおっしゃいましたが、こういう意味合いもあったのでしょうか。

なにはともあれ、昨日も今日も皆様とてもよくしてくださって、実家にいるときとは比べ物にならないくらい快適です。こんなに快適でいいのでしょうかと不安にもなりますが、ここでお仕事できるようになれば、この不安も少しは解消するでしょうか。

足元に気を付けながらオルグさんとマーシアとともに教会へ向かうと、そこには神官服を着た四十歳ほどの司祭様と、それからもう一人、七十前後でしょうか、白髪頭の、けれども品のいい男性が待っていました。

「奥様、司祭様と、それから前コードウェル辺境伯のバーグソン様です」

「お初にお目にかかります。アレクシア・クレヴァリー……ではなくて、ええっと」

嫁いできたのですから、クレヴァリー公爵家の名を名乗るのはおかしいかもしれません。ですが、コードウェルの地名を名乗るのは、いかんせん、招かれざる嫁ですので、ダメだと思います。困っていますと、マーシアが素早く口を開きました。

「グレアム様に嫁いでいらっしゃいました、アレクシア様です。アレクシア様、以後はコードウェル夫人とお名乗りいただいて構いませんよ」

「ですが、その、わたくしは……」

グレアム様に認めていただいていないのに、堂々とコードウェル夫人を名乗ってはいけないのではないでしょうか。

「おやおや、あの方は来たばかりの奥様をずいぶんと困らせているようだ」

バーグソン様が目じりにしわを寄せて微笑み、わたくしにそっと手を差し出しました。

「ささ、このじじいが僭越ながら案内役を務めさせていただきましょうね。グレアム様が何をおっしゃったのかは知りませんが、嫁いでこられたのですから堂々となさっていればいいのですよ。なんたって、女王陛下のご命令ですからね。それにしても、こんなに可憐でお美しい奥様が嫁いでこられたというのに、夫が魔力測定にも立ち会わないとは、情けないことですな。私でしたら、それはもう、一瞬たりとも目を離したりいたしませんのに」

バーグソン様は茶目っ気たっぷりに片目をつむられます。

バーグソン様はお年を召しているからしわは多いですが、若いころはさぞおもてになったであろうことが窺える整った顔立ちをしていらっしゃいました。いえ、今も充分に素敵です。しゃんと背筋が伸びた、優雅な物腰のとても素敵な老紳士でございます。

わたくしがお礼を言ってバーグソン様の手を取りますと、オルグさんがにやにやしながら言いました。

「じーさん、奥様を口説くのはさすがにまずいんじゃないかい？」

口説く？　オルグさん、突然何をおっしゃるのでしょう。

赤くなってうつむけば、バーグソン様が心外そうに眉を上げました。

「何を馬鹿なことを。じじいに口説かれても奥様が困るだけでしょう」

「じーさんのそれ、無自覚だから困るんだよなぁ。既婚、未婚かかわらずあっちこっちで女をたらしまくってるんだぜ。奥様も気を付けた方がいい」

オルグさんがぼやいて頭をかきました。

わたくしが目をぱちくりとさせますと、バーグソン様がはあと息を吐きます。

「面白くもない冗談は結構ですよ。オルグはそこで待っていなさい。マーシアはこちらへ。奥様、魔力測定は教会の奥で行います。こちらですよ」

バーグソン様のエスコートで、礼拝堂を通り過ぎ、廊下を少し歩きますと、それほど大きくない部屋に到着いたしました。

お部屋は、魔力測定のためだけに使うのでしょうか、さほど広くはなく、椅子や机などの家具は一切置かれておりません。

床には大きな円が描かれていて、中央に、寝るように体を丸めた竜のようなものが描かれています。

先に部屋に入られていた司祭様のすぐそばには、竜を模した石像がありました。

バーグソン様が、まるでお姫様にするような優雅な仕草で、流れるようにわたくしを円の中央に誘いました。

そして、わたくしを一人円の中心に残して、円の外へ出ていきます。

司祭様が、眼前の竜の石像にそっと触れました。

石像の肌は真っ白ですが竜の目だけは、グレアム様の瞳のような美しい金色の石がはめ込まれています。

司祭様が、石像の竜のうろこを撫でるように手を動かしました。

何やら、短い呪文のようなものを唱えられます。

その――直後のことでした。


ドンッ！

足元から、何かが突き上げてくるような強い衝撃を感じました。

そして、ぐらぐらと、激しく上下に揺れはじめます。

「きゃあああああ！」

地震です！

立っていられなくなったわたくしは、思わずその場にうずくまりました。

マーシアも、バーグソン様も、司祭様も壁に手をつき、上体を低くなさいます。

パラパラと、天井から石粒のようなものが降ってきました。

……もしかしなくとも、このままではここは倒壊してしまうのではないでしょうか。

青ざめるも、揺れが激しくて立ち上がれません。

地震のせいなのでしょうか、眼前の石像の金色の目が、強い光を放っています。

揺れに耐えきれなくなって、司祭様がつんのめるようにその場に転びました。

体勢を低くしていても、揺れに体が持っていかれるのです。

わたくしも、滑りそうになる体を縮こまらせて、床にしがみつくように這いつくばります。

どうしましょう、このまま天井が落ちてきて、押しつぶされてしまったら。

喉の奥で悲鳴が凍り、恐怖でまともに声すら発せられなくなりました。

早く揺れが収まることを祈って、わたくしがぎゅうっと目をつむったときでした。

「早くそこから離れろ‼」

怒鳴るような声が聞こえたと思った直後、床にはいつくばっていたわたくしの腰に、誰かが腕を回しました。

ふわりと浮き上がる体。

息を呑んで首を巡らせれば、わたくしを軽々片手で抱え上げた、焦った顔をしたグレアム様がいらっしゃいました。

☆

ドンッと突き上げるような揺れを足元に感じた直後、グレアムは反射的に地下の研究室を飛び出していた。

地震だと使用人たちが慌てふためいている。

獣人だろうと、地震は怖いものだ。人間よりも幾分屈強にできている獣人たちでも、自然の脅威には逆らえない。

(だが、これは違う!)

これがただの地震であれば、逆にグレアムはそれほど慌てなかっただろう。

地震は脅威だが、このあたりの建物は頑丈にできている。ちょっとやそっとの揺れで倒壊はしないし、万が一に備えて、この地に住まう者たちには避難場所を徹底的に周知していた。

避難場所には結界の魔術具があり、作動すれば、たとえ地震の脅威からであろうと人々を守ってくれる。

だがそれは、あくまで自然の地震であれば、だ。

上下に跳ねるように揺れる中、グレアムは駆け出した。

普通なら立って歩くことも難しいが、幸いにしてグレアムは魔術師である。自身の体に伝わる揺れくらい、魔術でいくらでもコントロール可能だった。

「デイヴ‼ アレクシアは、今日、魔術測定に行くと言っていたな⁉」

「は、はい！」

必死に柱にしがみついているデイヴが、こくこくと小刻みに頷いた。

それを確認して、グレアムは城を飛び出すと、まっすぐ教会へ向かった。

この揺れには、心当たりがある。

(俺のときもそうだった！)

街全体を破壊しかねないほどの揺れ。

グレアムが王都を危うく滅ぼしかけたのは、五歳の魔力測定の日のことだった。

あのときは、小さな体が揺れに耐えきれず、『竜陣』の中から弾き飛ばされるようにして外に出たため、揺れはさほど長く続かなくて、幸い多少の建物の倒壊があっただけで助かったが。

「金光彩の瞳は気になっていたが、これほどとは……！」

これまで魔力暴走を起こしたことがないようだったのでたいしたことはないと油断していたが、違ったのだ。

あの娘は、アレクシアは、グレアムと同等に近い魔力量を持っている！

教会に飛び込むと、アレクシアの護衛についていたオルグが、礼拝堂の椅子にしがみついていた。

「あ、旦那様……！」

焦った声を上げるオルグを無視して、魔力測定のための『竜陣』がある部屋へと急ぐ。

大きな揺れで傾き、押しても開かなくなっていた扉を蹴破れば、『竜陣』の中心で、泣きそうに顔をゆがめながら這いつくばっているアレクシアの姿が見えた。

美しい、金光彩のきらめく赤紫色の瞳には、今にもあふれそうなほど涙がたまっている。

それを見た瞬間、グレアムの心臓がぎゅっとなった。

「早くそこから離れろ‼」

大声で叫び、駆け寄って、掬い上げるようにアレクシアの腰に腕を回す。

片手でぎゅっと抱きしめ、後ろ向きに『竜陣』から飛び出せば、あれほど激しかった揺れがぴたりと止まった。

はーっと息を吐いて思わず壁に寄りかかる。

（こんなに焦ったのは久しぶりだな……）

揺れが収まったことに安堵しつつも、城下町にどのくらいの被害が出たのかを確認しなければなと頭を巡らせていると、左腕に抱いていたアレクシアから「ひっく」としゃくりあげるような声がした。

かたかたと小さな震えが腕を通して伝わってくる。

（……あー）

怖かったのだろう。

揺れが収まり安堵したからなのか、堪えていたものが堰を切ったようだ。

片手で抱きしめていたのを両手に変えて、そっと抱き上げる。

ぽんぽんと背中を叩いてやると、ぽろぽろと涙をこぼしていたアレクシアが、ぎゅうっとしがみついてきた。

（……なんだこれは）

むず痒いような、温かいような、心臓がぎゅっとなるような。

なんだかよくわからないが、経験したことのない感情が、胸の中にマッチの炎のように小さく灯った。

なんだろう。

アレクシアを、早くどこか落ち着く場所へ運んでやらなければ。

そんな自分でも理解しがたい焦燥に駆られる。

普段のグレアムだったならば、泣いていようと構わずアレクシアをこの場に残して、被害の確認を急いだだろう。

それなのに、被害の確認を後回しにしても、彼女が落ち着くまでそばにいてやらねばと、そしてそれは当然のことであると、そんな風に思ってしまった。

「……マーシア。アレクシアを連れて先に帰る」

なぜそんな風に思ったのか。

その答えを探す前に、グレアムはアレクシアを抱えて踵を返した。

マーシアとバーグソンがどんな顔をしているのかは見えなかった——否、見なかった。

なんだか、グレアムにとってとても不愉快な表情をしているような気がしたからである。

☆

グレアム様がわたくしを抱え上げた直後、激しい地震が収まりました。

きっと、グレアム様が魔術で地震を止めてくださったのでしょう。

床にはいつくばって必死に恐怖と戦っていたわたくしは、グレアム様の腕の温かさに緊張の糸が切れて、ぽろぽろと幼い子供のように泣き出してしまいました。

「落ち着け。もう大丈夫だ。揺れは収まった」

わたくしが泣き続けるからでしょう、グレアム様がわたくしを抱え直し、子供にするように背中を叩いてくださいます。

それだけではなく、わたくしを連れ帰ると言って、抱えたまま歩き出しました。

主人に抱きかかえられているという恐れ多い状況でございますが、わたくしの体は震えておりまして、きっと下ろされても膝が笑って立つことすらままならなかったでしょう。

ですので、黙ってグレアム様に運ばれるままになっておりました。

なんだかわかりませんが、そうしておくことが今は正解のように思えたのです。

グレアム様は駆け足でわたくしを城まで運び、出迎えたデイヴさんとメロディに温かいお茶を用意するように命じると、そのままわたくしが使わせていただいている部屋まで連れて帰ってくださいました。

そして、わたくしを抱えたまま、グレアム様がそっとソファに腰を下ろされます。

どうして抱えたままなのでしょうか。

立つことはままならないかもしれませんが、ソファになら一人でも座れますのに。

部屋に到着したときには、震えは止まっていませんでしたが涙は止まっておりまして、動転してぐちゃぐちゃだったわたくしの思考も多少まとまるようになっていました。

ですが、城の主に膝に抱きかかえられたままというこの状況に、ちょっぴり冷静さを取り戻しかけていたわたくしの思考が、今度は混乱をきたします。

震えが収まっていないから、まだわたくしが怯えていると思われているのでしょうか。

もちろん、あの大きな地震の恐怖はまだ消えておりませんが、わたくしはもう十七。七歳の子供ではないので、誰かにしがみついていないからといって、怖いと泣き出したりはいたしませんよ？　……さっき泣いてしまったので説得力はないかもしれませんが、もう大丈夫なのです。

けれども、主であるグレアム様のなさることに、わたくしが意見することは憚られますので、頭の中が「？」でいっぱいになりながらも、わたくしはじっとしておくことにしました。

ややあって、メロディが温かい紅茶を持ってやってくると、グレアム様に、不可解そうな――この表現が妥当であるかはわかりませんが、たとえるならまるで新種の生物でも見たような奇妙な視線を向けました。

「旦那さ――」

「茶を置いたら下がっていい。あとで……そうだな、二時間くらい後に、城内の被害を報告するようにデイヴに伝えておいてくれ。いいな。二時間後だ。それまでは入ってくるな」

メロディが何かを言いかけましたが、それを途中で遮って、グレアム様が軽く手を振りました。

メロディの不思議そうな目がわたくしに向きましたが、追及することをあきらめたのでしょう。ちょっぴり笑いを噛み殺したような顔になって、メロディはお茶の用意をすると、そそくさと部屋を退散していきました。

メロディが出ていきますと、グレアム様が横抱きにしていたわたくしの位置を少し動かして、顔が向き合うような位置に抱えなおしました。さっきも近かったのですが、さらに顔が近くなって、わたくしの心臓がドキリと跳ねました。

「あ、あの……」

「怪我はしていないか?」

グレアム様は、わたくしの頬に残っている涙の痕を指の腹でぬぐう仕草をしながら訊ねました。

「はい、大丈夫です」

わたくしが頷きますと、ローテーブルの上からティーカップを取って渡してくださいます。

「飲むといい。紅茶の香りで気分も落ち着くだろう。ああ、熱いから気を付けろ」

「は、はい……」

いったいこれはどういうことでしょう。

わたくしの勘違いでなければ、グレアム様に甲斐甲斐しく面倒を見ていただいているような……。そんな奇妙な錯覚を覚えます。

不思議に思ってじっとグレアム様の金色の目を見つめますと、目じりが少しだけ赤く染まりました。ちょっぴり目を泳がせながら、「あー」とか「うー」とか言っていらっしゃいます。

「その、お前は……そう！　軽いな！」

「え？　あ、はい。そうかもしれません。やせていて、その……申し訳ございません。お見苦しいでしょう？」

わたくしの貧相な体など、お目汚しでしかありませんね。

わたくしがグレアム様の膝から下りようと身じろぎいたしますと、慌てたように腰に腕が回りました。これでは下りられません。

「いや、すまない、そういうことではなく……。別に、見苦しくなんか……。ええっと、だから、軽くて気にならないから、このままでいてくれていいということだ！」

「は、はあ……」

ええっと、どういうことでしょう？

わたくしはグレアム様のおっしゃりたいことがよくわかりませんでしたが、遠回しに、動くなとお命じになっていると解釈すればいいのでしょうか？

主の命令であるなら、逆らってはなりません。

わたくしが素直にグレアム様の腕の中でおとなしくなりますと、グレアム様は少しほっとしたように息を吐きました。

先ほど飲めと言われましたので、ティーカップに口をつけます。

正直、向かい合う姿勢ではお茶を飲みにくいのですが……その、グレアム様はなぜかじーっとこちらを見ていらっしゃいますし。

この状況にはまだ理解が追い付いておりませんが、少しずつ冷静になってくると、ちょっぴりドキドキしてきました。

誰かにこうして抱きしめられたのは、生まれてはじめてでございます。

温かくて、ドキドキして、なんだか落ち着かないのに、落ち着くような、変な感じです。

ドキドキしながらゆっくりと紅茶を飲み干して、わたくしは、このときになってようやく室内の様子に視線を向けることができました。

室内は……そう、一言で申しますと、ぐちゃぐちゃです。

先ほどの地震の影響でしょう。棚に飾られていた絵皿は床に落ちて割れているし、出窓に飾られていた花瓶も倒れています。壁に掛けられていた絵は斜めに歪んでおりますし、床の上にはシャンデリアの破片らしきものもありました。

……もしかしてグレアム様がわたくしを膝から降ろさないのは、わたくしが不用意に破片を踏んで怪我をしないようにしてくださっているからなのでしょうか？　お優しいです……。

わたくしが床に散乱したシャンデリアの破片をぼんやりと眺めておりますと、グレアム様はわたくしの視線を追って、それから小さく舌打ちしました。

「危ないな」

つぶやいて、床に向かって手をかざします。

グレアム様の手のひらが金色に光ったかと思うと、床に散乱していたシャンデリアの破片がふわりと宙に浮かびました。

……これはもしかしなくても、魔術です！　はじめて見ました！

浮かんだ破片は、天井のシャンデリアに向かって吸い寄せられるように浮かんでいき――なんということでしょうか。浮かんだ破片が、どんどんシャンデリアにくっついて、あれよあれよという間に、まるで新品のようにわずかな欠けもゆがみもなく、修復されてしまいました。

ぽかんと口を開けて驚いておりますと、今度は割れた絵皿が動いていきます。

絵皿の破片も宙に浮かんで、元通りの一枚にくっついたかと思いますと、飾ってあった通りに棚の上に戻りました。

花瓶も、斜めになった壁の絵も、グレアム様の魔術で全部元通りになっていきます。

「……すごい」

思わずつぶやくと、グレアム様が口端を持ち上げて笑いました。

「このくらいの魔術なら、お前もすぐに使えるようになるだろう」

「え？」

わたくしはぱちくりと目をしばたたきました。

確かにわたくしは、本日魔力測定に出向きましたが、結局まだ測定できていないのです。

「わたくしに、魔術が使えるほどの魔力があるのでしょうか？　魔力測定の途中で地震が起こってしまいまして、どのくらいの魔力があるのかわたくしにはまだわからないのです」

「あー……」

すると、グレアム様は困ったように頭をかきました。

「魔力は、ああ、ある、魔術は充分に使えるだろう」

「グレアム様は見ただけでわかるのですか⁉」

驚きです。魔力測定をしなくとも、グレアム様は誰がどの程度の魔力を持っているのか判断できるようです。さすが大魔術師様です。

尊敬のまなざしで見つめておりますと、グレアム様は居心地が悪そうに身じろぎなさいました。

「ええっと、まあ、そうだな、そんなところだ」

グレアム様は歯切れ悪くおっしゃられて、わたくしの頭をポンと撫でました。

頭を撫でていただいたのも、生まれてはじめてのことでございます。ドキドキします。このドキドキはなんでしょう。

「魔術なら俺が教えてやる。というか、この地で魔術を教えられるのは、俺か、じじい……バーグソンだけだろうし。ただ、バーグソンは、それほど魔力が強くないから中級レベルまでの魔術しか使えない。お前は学びさえすれば、上級魔術も難なく使えるだろう」

なんと、バーグソン様も魔術師の素質をお持ちだそうです。

魔術が使えるだけの魔力をお持ちですが、コードウェル辺境伯をお継ぎになるため、魔術学校卒業後に王都で就職せず領地に戻った、珍しいタイプの魔術師様なのだそうです。

そして、なんとなんと、わたくしは上級魔術も使えるほど魔力があるらしいのです。

さらにはグレアム様が直々に魔術を教えてくださるとのこと。

びっくりしすぎて、ぽかんとしてしまいます。

……わたくし、グレアム様に邪魔に思われていると思っておりましたが、ちょっと違ったのでしょうか。少なくとも魔術を教えてくださるくらいには、存在を許していただけているようです。

ほっとします。

わたくし、ずっといらない子でしたので、なんだか「ここにいていいよ」と言われているみたいでとてもとても嬉しいです。

「っ……なぜ泣く⁉」

あら、安堵したからでしょうか。それとも嬉しかったからなのでしょうか。気付かないうちに、わたくしの目からぽろりと涙がこぼれ落ちてしまったみたいです。

グレアム様がおろおろと狼狽えて、わたくしの目元を親指の腹で優しくこすります。

これは、悲しいからではなくて、嬉しいからで、その、ただの生理現象なのでそれほどびっくりなさらなくてもいいのですけれど、おろおろするグレアム様はとっても優しいお顔をされているので、わたくしは何も言わずにされるままになります。

ちょっぴりおかしくて、そしてほっこりと胸が温かくなる、不思議な感じです。

いらない子だったわたくしを抱きしめて、涙に狼狽えてくださるグレアム様。

よくわかりませんが、もしかして、これが幸せというものでしょうか。

☆

「メロディ、どうした？」

「ああ、お父さん。ちょっとこれ、見てくれる？」

アレクシアとグレアムに紅茶を届けに行ったメロディがいつまでも戻ってこないのでデイヴが様子を見にいけば、娘はアレクシアの部屋の前で、何やらおかしな行動をとっていた。

そう、扉を小さく開いて片目をつむり、その隙間から中を覗き見していたのである。

主人の部屋を覗き見するような子に育てた覚えはないんだけどなぁと思いながらも、娘に言われるまま部屋の中を覗き込んだデイヴは、目をぱちくりとしばたたいた。

グレアムがアレクシアを抱きかかえて戻ってきたときも驚いたが、これは……。

「ね？　びっくりでしょ？　何がどうなっているのかしら？　きっとあれはグレアム様の皮をかぶった他人だと思うのよ。だってあの偏屈な朴念仁が、新妻を膝に抱きかかえているなんて、信じられないもの」

なかなか辛辣なことを言うメロディに苦笑しつつ、デイヴもふむ、と考える。

メロディの言う通り、グレアムは偏屈――というか、神経質なところがある。

生まれてから十五歳になるまでの王都での暮らしの影響で、グレアムは他人になかなか心を許さない。

それどころか、可能な限り「人間」というものを自分の周りから遠ざけようとする傾向にある。

女王スカーレットの命令でアレクシアが嫁いでくると知ったときは、これはまたひと悶着あるぞと警戒していたが、案の定、来て早々追い出そうとした。

グレアムの花嫁というのはともかくとして、自分と妻が、やってくるアレクシアの城の中での生活だけでも整えようと画策していたのに気が付いたのか、到着早々わざわざ研究室から出てきてまで、本人を前に「つまみ出せ」と言ったのである。

普段はどれだけ声をかけようとも決して研究室から出てこないのに、だ。

不機嫌になるだろうとは思っていたが、まさかわざわざ研究室を出て自分から文句を言いにやってくるとは思わなかった。

もちろん、デイヴもグレアムの心情は理解している。

人嫌いのグレアムは、せっかく手に入れた安息の地であるコードウェルに、他人が――特に貴族が入り込むのを嫌うのだ。ましてや同居しろと言われれば、グレアムが拒絶反応を示すことくらいわかりきっていた。

けれども、グレアムの心情がどうであれ、アレクシアは王命で嫁いできた女性だ。

貴族の結婚には王の許可がいる。現王であるスカーレット女王がグレアムの妻にと決め、許可を出したのだ。本人が何を言おうとアレクシアがグレアムの妻である事実は変わらない。

もしアレクシアが、グレアムに追い出されたと王都で吹聴したらどうなるだろう。女王の命令に逆らったとして、グレアムにはさらに悪い評判がまとわりつくに違いない。

だから、面と向かって暴言を吐いたグレアムにはさすがのデイヴも慌てた。

普通のご令嬢であれば、面と向かってそのような失礼なことを言われただけで腹を立てて帰るだろう。

デイヴも、アレクシアが激怒して帰ると思っていた。

(それがまさか、下働きでいいから働かせてほしいだもんなぁ。あれには旦那様も驚いていたようだし……)

あ、これ訳ありだ、とデイヴもマーシアも、即座に気が付いた。

グレアムもそうだろう。

だが、女王によってよこされた花嫁というのが気に入らなかったグレアムは、その違和感にふたをしてアレクシア本人を見ようとはしなかった。

しかし、あのあと、マーシアと何か話をしたらしく、アレクシアをここに住まわせることに同意し、彼女の境遇を調べることにしたようだ。

マーシアから伝言を受けたデイヴは諜報隊に命じてアレクシアの情報を集めさせている途中である。

(途中報告は上げたが……うん、あれはひどかった)

ちょっと調べただけでも、出るわ出るわ。

報告書でアレクシアがいかに不遇な人生を歩んできたかを知り、デイヴもマーシアもメロディもかなり引いた。

グレアムに対する王城での扱いも大概だったが、彼の場合はスカーレットがいた。スカーレットがグレアムをかばい、守り、少しでも悪意から遠ざけようとしていたので、ひどいと言っても、人間らしい生活は送れていた。

ましてや、幼いころから大魔術師の才能の片鱗を見せていたグレアムに、正面から食ってかかろうとする人間など誰もいなかった。グレアムの場合は、むしろ恐れられて避けられていただけで、彼に攻撃しようとする人間は皆無に等しかったのだ。

だが、アレクシアは違う。

デイヴはそっと息を吐くと、昨日の夜のことを思い出した。


『デイヴ！　暗殺部隊の派遣を許可してくれ！』

冷静沈着で、よほどのことがない限り声を荒らげない諜報隊の隊長——鷹《たか》の獣人であるロックが、そう言いながら執務室に飛び込んできたのは、昨日の夜のことだった。

グレアムはすでに寝室に下がり、今頃寝酒でもひっかけているころだろう。

『どうしたんですか、藪から棒に。第一、暗殺部隊なんて物騒なものうちにはありませんよ。勝手に作らないでください』

ロックには昨日、グレアムの指示でアレクシアの実家クレヴァリー公爵家を探らせていた。

コードウェルから王都まで距離があるが、鳥の獣人である彼らはそんな距離などものともしない。

しかし、昨日の今日で戻ってくるとは思わなかったので、いったい何事かと思えば、ロックは怒りに顔を染めて報告書というよりはメモ書きに近い紙をデイヴに押し付けた。

『ちょっと調べただけでこのありさまだ！　我慢できない‼』

『はい？　我慢できないって何が――』

首をひねりつつ、ロックが押し付けてきた紙に視線を落としたデイヴは続く言葉を失った。

そこには、クレヴァアリー公爵家でアレクシアがどのような扱いを受けていたかが、簡潔に、けれども詳細が書かれていなくて逆によかったと思えるような悲惨さで記されていた。

『…………なんですか、これ』

やっとのことで絞り出したデイヴの声が低く震える。

ロックが差し出したのは簡潔なメモ書きだ。そのはずなのに――

『言っておくが、家畜の方がまだましだぞ』

吐き捨てるように言ったロックの言葉に、激しく同意する。

『屋根裏の倉庫に押し込められて、食事もまともに与えられず、下働きの使用人のようにこき使われていた……って本当ですか？　使用人に仕事を押し付けられて、公爵夫人や異母姉の機嫌が悪かったら容赦なく暴力を振るわれていたって……奥様は間違いなく公爵の娘ですよね？　父親は何をしていたんですか』

『完全にいない者扱いだ。何をされても無視で、使用人や妻たちに好きにさせていたようだな』

デイヴはぎゅっと報告書を握り締めた。ぐしゃりとちっぽけな音を立てて、報告書に書かれている文字がゆがむ。

使用人を雇う余裕もないような没落貴族が、娘に家のことをさせていたというのならばまだわかる。けれどもクレヴァリー公爵家は大金持ちで、使用人も充分すぎるほど雇われていただろうし、邸の部屋もありあまっていたはずだ。

それなのに娘を使用人のように――いや、それ以上にこき使い、屋根裏部屋に押し込めていたなんて、そうして虐待して楽しんでいたとしか思えない。

ましてや暴力など……。

ロックがデイヴの手から報告書を取り返した。

『ここにはまだ書いていないが、災厄を呼ぶ化け物と罵られ、その目が気持ち悪いと言われて、体調を崩して倒れれば、看病されるどころかそのまま死ねばいいのだと嗤われて放置されていたという報告も部下から上がっている。あいつら殺そう。いいだろう？　使用人含めて皆殺しだ。許可さえ出してもらえれば今夜中にケリをつけてくるぞ』

『待ちなさい、いくらなんでもそれはダメです。ばれたら大変じゃないですか』

本気の目をしたロックを、デイヴは慌てて止めた。

ロックの報告書を見たデイヴも、ものすごく腹が立ったし、はっきり言って、ロックがクレヴァリー公爵家の全員を殺害したとしても、心は針で突いたほども痛まないだろう。

しかし、曲がりなりにも公爵家の人間が殺害――しかも使用人に至るまで皆殺しにされたとあっては、国をひっくり返すほどの大騒動になる。その犯人がグレアムの部下だと知られれば大変なことだ。私怨で公爵一家を殺害したとなればいくら女王でもかばいきれない。下手をすれば内戦が勃発する。

『ばれなければいいだろう』

『無茶を言わないでください。とにかくこの途中報告書は旦那様にお渡しします。いいですか？　余計なことをしたらいけませんよ？』

デイヴはロックを諭して報告書を奪い返す。

ロックは仕方なさそうに肩をすくめた。普段の彼は冷静沈着なので、一人で勝手に暴走したりはしないだろう。

『まだ途中だから調査を続けるが……、なあ、公爵家の人間の飲み物に、こっそり下剤を入れるくらいはしてもいいか？』

溜飲が下がらないのだろう。イライラと言うロックに、デイヴはあきれて、けれどもにっこりと笑みを浮かべて言った。

『いいですよ。そのくらいであれば、旦那様に内緒で許可しましょう』

その程度の苦しみではアレクシアが受けた虐待の報復にもならないが、多少の苦しみは与えて然るべきである。デイヴとロックは、イイ笑顔で頷きあった。

（あのあと、旦那様に報告書を見せたけど……あれは、相当怒っていたな）

グレアムは何も言わなかったが、彼の目の前でもしロックが同じように「暗殺部隊の派遣……」などと言おうものなら即座に許可しそうなくらい怒っていたのは間違いない。

それでも、アレクシアに対してどう接していいのかわからなかったのだろう。

彼女を避けるように研究室にこもっていたが、先ほどの地震がいいきっかけになった。

（そういえばあの地震……まさかな）

グレアムが魔力測定をしたときにも同じようなことが起こったが、あんなこと、千年続くクウィスロフト国でも、グレアムを含めて三回ほどしか記録に残っていない。ちなみに、その一番古い記録は、八百年前に魔力を暴走させて国を滅ぼしかけた『竜目』の王子だ。

「ねえ、お父さん。あれ、本当に旦那様なのかしら？」

メロディはまだ懐疑的だ。

あんな美丈夫はほかにいるはずがないというのに、目の前の現実が信じられないのだろう。

デイヴは笑った。

「本当に旦那様だろう」

デイヴはぽんとメロディの肩を叩いて扉から離れるように言う。

グレアムはあれで、弱者にとても甘いのだ。

自分の境遇がそうさせるのかもしれない。

王都からコードウェルへ来たとき、あれだけ人間を毛嫌いしていたグレアムが、獣人にはとても親切だった。

（ああいうのを、庇護欲《ひごよく》というのだろうな）

グレアムは人一倍、その庇護欲が強いのだ。

アレクシアの生まれ育った境遇を知り、グレアムのその人一倍強い庇護欲が頭をもたげても不思議ではない。

（加えて、奥様はなんというか、こう、守ってやりたくなる雰囲気をしているんだよな。外見もそうだが）

不安そうに揺れる赤紫色の瞳。華奢な体。何かあるたびに怯えたように人の顔色を窺うのは、虐待されてきたからこその癖だろう。

ちょっとしたことで小さく震える肩。

目を見張るほどの美人なのに、まるで壊れそうなガラス細工のような雰囲気を持ち、とにかく、守ってやらなければという気持ちにさせる。

グレアムほど庇護欲の強くないデイヴでさえそう思うのだ。グレアムにしてみれば、片時も目が離せないほどではなかろうか。

（ついでにそのまま恋に落ちてくれれば、私たちとしては万々歳なのだがね）

いや、あれを見れば、時間の問題か。

デイヴは小さく笑って、メロディの肩を押して部屋の前から遠ざけた。

三　魔術の勉強は距離が近くてドキドキします

魔術のお勉強は、地震から三日後のお昼から行うことになりました。

この三日、グレアム様はバーグソン様と城下で地震の被害が確認された場所を駆け回りながら、壊れたところを魔術で修復していました。

あれから地震は一度も起こっておりません。

一度地震が起こると、そのあと余震と呼ばれるものが何度か起きると聞いたことがございますが、今回はそのようなものはなかったようです。よかったです。

グレアム様やバーグソン様のほかに、オルグさんをはじめ、力持ちの獣人さんたちも大勢加勢してくださったので、地震の後片付けはこの三日でほとんどが終わったと聞きます。

わたくしもお手伝いできればよかったのですけど、マーシアにもメロディにもグレアム様にも止められてしまいました。鳥ガラのようにやせっぽちでみすぼらしいわたくしですが、意外と重たいものも持てるんですよ。だのに、皆様「危ない」とおっしゃって、戦力外通告を受けてしまいました。

……ならば、次に何かが起こったときにお役に立てるように、魔術のお勉強を頑張るしかないですね！　魔術が使えるようになれば、次こそはお手伝いさせてもらえるはずです！

魔術のお勉強は、お外で行います。

お城の中で魔術のお勉強をすると、うっかりあちこちを破壊してしまうかもしれないからしいです。

「寒いからな」

グレアム様はそう言って、魔術で庭の、半径五メートルほどの範囲に結界を張りました。

グレアム様はまるで呼吸するように自然に魔術をお使いです。感動してしまいます。

今日は朝から雪が降っていましたが、結界のおかげで雪が顔に当たりません。結界の中の気温も調整されているのでしょう、ぽかぽかと春のように暖かいです。

わたくしは今日、マーシアが購入してくれた新品のドレスと、そして暖かいコートを着込んでおりましたが、こんなに暖かくしていただけるならコートは不要でしたね。

「最初に、魔力の動かし方を学ぶ。魔術は魔力を動かして発動するからな。正しい動かし方がわかっていないと魔力暴走を起こして大変なことになる。……少し訊くが、以前に魔力暴走を起こしたことはないか？」

「魔力暴走、でございますか？　あの、魔力暴走とは、どういったものなのでしょうか？」

「ああ、そうか、そこから説明が必要だったな。魔力暴走とは、自分の魔力が自分でコントロール不能に陥ることを言うんだ。魔力量が多い人間が、特に肉体や精神が成長しきっていない子供のころに起こしやすい。規模が大きくなると、国を滅亡させるほどの被害が出る」

「ええ⁉」

魔力暴走と言われてもピンと来ておりませんでしたが、グレアム様の「国を滅亡」という言葉にわたくしは驚いて声を上げてしまいました。

「八百年前の竜目……金色の目をした王子の話を知らないか？」

「それならば知っています」

わたくしも「不用品」として屋根裏部屋に押し込まれる前は教育を受けておりました。竜目と言われる金色の目の王子のお話は、貴族であれば誰もが知っています。

……なるほど、確かに八百年前の竜目の王子様は、国を滅ぼしかけたと言われています。

「もっとも、魔力暴走で国を亡ぼすほどの巨大な魔力を持った人間が生まれるのは、それこそ数百年に一度くらいだろうけどな。普通は、魔力暴走といっても、周囲のものを破壊したり、雷を発生させたり、あたり一面を氷漬けにする程度だ」

程度とおっしゃいますが、それでも充分すぎると思いますよ。

「過去にそのような現象を起こした経験はないか？」

わたくしは、今までそのような現象を起こしたことはございませんので、首を横に振ります。

「いいえ、ございません」

「そうか。充分、暴走を起こしてもおかしくないほどの魔力量なのだが……こっちに顔を向けてくれ」

グレアム様は首を傾げてから、わたくしの両頬に手を添えると、じっとわたくしの瞳を覗き込みました。

顔が近いです。

息がかかります。

ドキドキします。

なんだか体の中に火がともったようにぽっぽとしてきて、ぶわわっと顔が熱くなりました。

「金の光彩が揺らぐのは、魔力が安定していないからか？　こんな色ははじめて見たからよくわからないな。この目の金色の光彩は、昔からあったのか？」

「だと、思います。あ、でも、昔はこんなにはっきりとは現れなかったみたいです。ただ、年を経るごとに金色の光彩が強くなったようで、十二歳のときには道具として役に立たなくなったと父が……」

「道具？」

「政略結婚の道具です」

貴族の令嬢は「政略結婚の道具」なのだそうです。わたくしはそう言われて育ちましたし、道具として役に立たなくなったから「いらない子」になりました。

異母姉は瞳に金色の光彩が入りませんので、政略結婚の道具として有効だそうで、「わたしは他国の王子様とだって結婚できる身分だ」とわたくしを見るたびに嬉しそうにおっしゃっていました。公爵令嬢ですから、王子様のお妃様にだってなれるんだそうです。ただ、異母姉は跡取りですので、婿を取ることになりますから、お妃様にはならないそうですが。

異母姉はいい「道具」であれば、素敵な結婚ができると言っていました。

わたくしはいい道具ではございませんでしたので、ただの役立たずのごくつぶしで、生かしてもらえているだけありがたいと思えと。

でもわたくしは、いい道具ではありませんでしたが、こうして嫁ぐことができました。……グレアム様は、妻としては受け入れてくださいませんでしたが、ここにはおいてくださいます。役立たずの道具だったのに。きっとこれは奇跡と呼ぶものでしょう。

わたくしは正直、貴族のことはよくわかりません。

ですので知っていることをそのままお伝えしたのですが、グレアム様はぎゅっと眉を寄せて厳しい顔をなさいました。

肩がびくりと震えます。

わたくし、何か間違えてしまったのでしょうか。

……グレアム様も、怒ると義母や異母姉のようにわたくしを殴るでしょうか。

体に力を入れて、訪れるかもしれない痛みに備えていると、グレアム様がハッとなりました。

「ああ、違う。怒ったのではない」

そう言って、なぜかぎゅっと抱きしめてくださいました。

グレアム様はこの三日、たまにこういうことをなさいます。

何かの拍子に、こうして抱きしめてくださるのです。

わたくしはそれが不思議でたまりませんが、グレアム様に抱きしめられると、ドキドキと安心が一度にやってきて、それがなんだか心地よくて、わたくしは素直に身をゆだねるのです。

「ほかに例を知らないからこれは仮定でしかないが、どうやらアレクシアの魔力はまだ成長しているのだろう。体の成長に合わせて増えているのかもしれない。だからこれまで魔力暴走が起こっていなかったのだろう。……多分だが」

グレアム様がおっしゃるには、魔力が体の成長に合わせて増えるのは、獣人によくある現象なのだそうです。ただ、人間でそれが起こった例を知らないため、その仮説が正解かどうかはわからないとのことでした。

グレアム様はわたくしを抱きしめたまま、そっと右手でわたくしの左手を握りました。

「今から俺の魔力を少し君の体に流す。君の左手から右手に向かって流していくから、魔力の流れを感じ取るんだ」

「はい」

魔力の流れを教えるのは、抱きしめていないとダメなのでしょうか。

ぎゅっと抱きしめられているので、ドキドキが収まりません。

安心もしますが、長時間のぎゅーっはドキドキの方が強くなって、だんだん落ち着かなくなるのです。

「行くぞ、アレクシア。まずは左手に集中するんだ」

グレアム様の右手とつながれている左手が、ぽっと温かくなりました。

その温かいのが、血管を伝うようにして体を流れていきます。これが魔力でしょうか。なんだか、お風呂に入っているみたいで気持ちがいいです。

魔力はゆっくりと全身を這うように流れていき、わたくしの右手に向かいます。

右手がぽっと熱くなりました。

グレアム様がわたくしの右手を、ご自身の左手とつなぎます。

「右手の魔力を、俺の左手に渡してくれ。そうだな……水の流れをイメージするとわかりやすいかもしれん」

水、ですか。

手の中の水を、グレアム様の手に渡すような感じ？

実際に水はありませんが、なんとなくそれをイメージしていると、右手の熱が少しずつ引いていくのがわかりました。

引いていく熱に、ちょっと残念な気持ちになりますが、これは正解だったようです。

グレアム様が笑って手を離すと、わたくしの頭にポンと手を置きました。

「優秀だ。一回でできたな」

「本当ですか？」

優秀だとほめてもらったのははじめてです。十二歳になるまで家庭教師が付けられていましたが、誰もわたくしを優秀だとは言いませんでした。それどころか、教えることもご不快そうでしたので、わたくしはよほど不出来な生徒だったのだと思います。

嬉しくなってぱっと笑えば、グレアム様の顔がぽっと赤くなりました。

魔力は温かかったので、わたくしがお返しした魔力で体が熱くなったのでしょうか。

「次は自分の魔力だけでそれをやってみてくれ。ゆっくり魔力を巡らせたあとで、俺に渡すん

「あの、動かすのはわかりましたが、魔力はどこにあるのでしょう？」

わたくしが問いかければ、グレアム様は「ああそうか」と頷いて、自分の胸をとんと叩きました。

「体の中に泉があって、そこからあふれているとイメージすればいい。意識しないと感じられないし、目に見えるものではないが、まあ、似たようなものだ」

泉、ですか。

わたくしはグレアム様をまねて、自分の胸に手を当てました。

じーっと泉を感じ取ろうとしますが、よくわかりません。

なので、そっとグレアム様の手を取って、わたくしの胸の上に置きました。

「わかりません。あの、どこですか？」

その瞬間、グレアム様がビクンとなって、凍り付いたように動かなくなりました。

「……？」

もしかして、わたくしの中には泉がないのかもしれません。どうしましょう⁉

おろおろしていますと、グレアム様が見る見るうちに真っ赤になって、ぷるぷる震えながら、

「い、泉があるようにイメージするだけだ。イメージなんだ！」とやけくそのように叫びました。

つまり、想像して泉を作り出せということでしょうか。

なるほど、わたくしが間違っていたのですね。

わたくしはグレアム様の手を胸に当てたまま、泉を想像します。

するると、胸の奥にぽっかりと金色の泉が現れたような気がしました。

「泉、見つけられました！」

「そ、そうか。それはよかった。だ、だったらもう、手を放してくれないか……」

ハッ、そうでした。

わたくしったら、グレアム様の手を握り締めて、あろうことか、このぺったんこの胸の上に押し当ててしまっておりました。

「も、申し訳ございません！」

さぞ不愉快だったことでしょう。

わたくしが慌てて手を離しますと、グレアム様はわたくしが離した手を所在なげに宙にさまよわせてから、赤い顔を空に向けました。

「で、では、魔力を動かす練習をはじめてくれ」

「はい！」

わたくしが魔力を動かす練習をしているすぐ横で、グレアム様は何かに必死に耐えるように、いつまでもぎゅうっと眉を寄せていらっしゃいました。

☆

目の前で、アレクシアが一生懸命魔力を動かす練習をしている。

そんなに力まなくてもいいのに、ぎゅっと目をつむって、とても真剣な様子だ。

（……くそう、早く落ち着いてくれ）

グレアムは先ほどまでアレクシアのふわりと柔らかい胸に押し当てられていた手を握り締めて、必死に自分の中の煩悩と戦っていた。

思春期の男子のように心臓がバクバクいっている。頭の中が沸騰しそうだ。

（普通、男の手を胸に押し当てるか⁉　……ああ、そうだな。まともに人と生活していなかったんだ。常識などわかるはずもないよな……）

デイヴから渡された報告書を思い出して、グレアムは苦いものでも食べたような顔になった。

おかげで動悸は収まったが、逆に今度は胃のあたりがムカムカしてきた。

人間というものが、いかに自分と異なるものに対して非道で冷酷になれるかということは、グレアムもよく知っている。

人間は弱いからこそ、自分の脅威となるかもしれない存在に敏感で、少しでも異端を感じれば排除しようと動くのだ。

それだけならまだいい。

排除しようとした対象は、どれだけ傷つけても、どれだけ乱暴に扱っても、それが当たり前だと思っている。

人は生まれながらにして残虐で、異端や、弱い者に対して、特に攻撃的になるものだ。

アレクシアがどれほど非道な扱いを受けていたのか、報告書に記されていただけでもひどかった。おそらく調べ切れていないものもこれからたくさん出てくるだろう。

女王の命令で嫁ぐというのに、嫁入り支度もろくにされず、馬車と御者一人だけで長い距離を移動し、挙げ句の果てに城の前に一人で放り出されたと聞いただけでも絶句したのに、彼女が公爵家で受けていた扱いはその比ではなかった。

（幸いなのは、御者がまだましな人間だったことだろうな。……少々こすい人間だったが、まあ、逆にそれが幸いしたのかもしれん）

アレクシアは金を持っていないと言っていたが、実際はスカーレットから当面の支度には充分すぎる金を与えられていたのだ。

だが、金を持たされたことのないアレクシアは、渡された金貨二十枚の価値を正しく理解できていなかった。

公爵が、御者に路銀を含めた前金を支払っていたものの、彼女に直接旅の金を渡していなかったせいで、彼女の中でそれは、コードウェルまでの路銀だと脳内変換された。

御者は、まあ、ありがちというか、儲けに敏感な男で、アレクシアの勘違いを訂正せずそのままにしておいたのだ。

そして、アレクシアのためでもあったのだろうが、自身が贅沢をするために、質のいい宿を選び、旅に必要なものはすべて買いそろえた。

おかげでアレクシアは旅の途中で野宿することもなく、質のいい宿に泊まることができたので、よかったと言えばよかったのだ。おそらく公爵が渡していた路銀では、そこまで質のいい宿に泊まることはできなかっただろうし、ケチな御者は平気で野宿もさせただろう。アレクシアの持っていた金を使うという前提があったから、御者はできるだけ高級な宿を選んだのだ。

（ただ、まあ、残った金も全部御者に渡していたとは思わなかったが……）

帰りの路銀がないと大変だろうと、アレクシアは御者に残ったすべての金を与えたらしい。いくらなんでも無欲にもほどがあるだろう。

諜報隊が王都に帰る途中の御者を捕まえて、アレクシアの情報を聞き出した際に、どうやら自分がかすめ取った金について罪に問われると思ったのか、べらべらと全部白状したという。

諜報隊はあきれたが、アレクシアが自分の意志で渡したものなので、御者から金は奪い返さなかったらしい。

（安全にアレクシアをここまで運んだのは事実だからな）

こすくとも、一応仕事はきちんとまっとうしたのだ。アレクシアが与えた金は、金額が桁違いだが、チップだと思えばいい。アレクシアも奪い返すことを望まないはずだ。

御者は親戚に獣人がいる平民で、金色の目に抵抗感がなかったため、アレクシアの外見に嫌悪感を抱かなかったようなのだ。女王の命令で嫁ぐ公爵令嬢として、一応の敬意も払っていた。アレクシアのことを「嬢ちゃん」と呼び、ずいぶん気やすく接してはいたものの、客として丁重に扱っていたそうだ。寒いだろうと言って、アレクシアの金ではあるが、毛布をたくさん買って馬車に積み込んだのも御者だ。あれがなければ、きっとアレクシアは風邪を引いていた。

（しかし、どうしてなんだ。……可愛すぎやしないか？）

んーっと小さな掛け声をしながら魔力を動かす練習をしているアレクシアの、なんと愛らしいことだろう。

むくむくと、自分の中の庇護欲が膨れ上がっていく。

生まれたばかりの子犬や子猫を見たときの感覚に似ているかもしれない。

可愛くて可愛くて、自分が守ってやらなければ死んでしまいそうなそんな危うさもあって、とにかく目が離せない。

あれほど過酷な境遇で育ったにもかかわらず、この信じられないほどの純粋さはもはや奇跡としか言いようがなかった。

なんなのだろう、この——無垢で可憐で控えめで、虐げられて育ったというのに、憎しみや恨みつらみなどとは無縁そうな存在は。天使か！

（可愛いな。可愛い……可愛い）

一度そう認識するとダメだった。

（なんかもう、一生腕の中に閉じ込めてしまいたい……）

育ちのせいだろう、少し感情に乏しい、というか、どこか脅えた雰囲気をまとっているのもダメだった。めちゃくちゃに甘やかしたくなる。

（だが、どうしよう……）

どうしたらいいのだろう。

アレクシアはグレアムに嫁いできたが、初日で面と向かって拒絶してしまった。

今更やっぱり嫁に取りますとは言えない。

アレクシアだって、初日に暴言を吐いた夫などいらないだろう。いくら純真無垢で優しいアレクシアであっても、さすがにそんな男とは結婚したくないはずだ。もしグレアムがアレクシアの立場なら願い下げである。

アレクシアの心情を考えれば、スカーレットに頼み込んで離縁の手続きをしてもらった方がいいに決まっている。

グレアムもわかっているのだが――、もう目が離せないし手放せそうにないのも事実だった。

「……あー……、教師と生徒、か？」

とりあえず、今後の関係をどうするか答えが出るまでそれでいくかとつぶやけば、魔力を動かす練習をしていたアレクシアがパッと目を開けて、はにかんだように笑った。

「はい。グレアム先生ですね！」

わかっているのかいないのか。

この無自覚な感じがもう……。

（あー……可愛い……）

グレアムは口元を片手で覆って、にやけた顔を見られないように、灰色の雲に覆われた空を見上げた。

☆

グレアム様から魔術を習いはじめて一週間が経ちました。

初日に教師と生徒とグレアム様がおっしゃったので「グレアム先生」とお呼びしたのですけれど、グレアム様が「それはやめてくれ」と赤い顔をして否定されましたので呼び方は「グレアム様」のままでございます。

わたくしは生徒なのですけど。先生なので先生とお呼びした方がいいと思うのですけど。ご本人がダメとおっしゃるので、仕方がありません。

地下の研究室で魔術具の研究を日課とされているグレアム様ですが、わたくしに魔術を教えるからなのか、以前のように研究室にこもりきりではなくなったようです。

メロディが、毎回研究室から引きずり出すのが大変だったので助かりますと笑っていました。

グレアム様は研究室にこもらなくなりましたので、食事もわたくしと同じ時間にダイニングで摂られます。

そうそう。そのせいで、わたくしの食事の量の少なさに驚いたグレアム様がマーシアを叱りつけて逆に叱られるという珍騒動も起こりました。

グレアム様に言わせると、わたくしの前に出される食事がとても少ないそうなのです。

ですが、わたくしはそれほどたくさんの量を食べられませんので、マーシアが気を利かせて、食べられる量を用意してくださっていました。

残すのが申し訳なくてなんとかして胃に押し込もうとするわたくしの、体調を気遣ってのことです。思えば、わたくしが出された食事をすべて食べようとしたせいでこのようなことになったので、わたくしが悪いのですけど、調整された少ない食事に、グレアム様は差別的な何かがあると勘違いされたようでした。

マーシアが、「旦那様と同じだけの量を食べられるはずがないでしょう！」とわたくしに食事を摂らせようとするグレアム様を叱責し、グレアム様はようやくわたくしの胃の小ささに気が付いたようで、少々バツの悪い顔をなさいました。

わたくしのせいで申し訳ないです。

グレアム様に言わせますと、わたくしの食事の量は、一般的な成人女性の食事の量の半分にも満たないそうです。

一度はマーシアの「食べられない」という言い分に納得されたグレアム様でしたが、摂取する食事の量の少なさを問題視されて、なんと、わたくしに、日に二回のティータイムの時間が設けられることになりました。

ティータイムです。

わたくしのようなものが、そのような時間をいただいてよろしいのでしょうか。

午前と午後、朝食と昼食の間と昼食と夕食の間に設けられたティータイムには、薫り高い紅茶やハーブティー、そして美味しそうなお菓子が並びます。

グレアム様もわたくしと一緒にティータイムを過ごしてくださいます。

……なんだか、わたくし、自分がお姫様になったと勘違いを起こしそうなほど幸せです。

「炎よ……」

　わたくしの声に反応するように、上に向けたわたくしの手のひらの上に、ぽっと火の玉が浮かびました。

　掛け声はなくてもいいそうですが、あった方がイメージしやすいので、初心者は生み出したいものを口に出すといいのだとか。初心者のわたくしはもちろんそのアドバイスに従います。

　魔力を動かすのに慣れたわたくしは、グレアム様に見ていただきながら、四大元素の魔術の基本を学んでおります。

　四大元素とは、風、火、土、水の四つのことです。

　魔術にはほかにも、光や闇もあるようですが、こちらは少々難しいので、まずは四大元素の魔術を学ぶということになりました。

　ちなみに、魔術には適性というものもあるそうです。

　グレアム様は四大元素に加えて光と闇の魔術もすべて使えるそうですが、適性と魔力の少ない人は、限られた属性の魔術しか使えません。

　大魔術師様であるグレアム様でも、属性をお持ちでない闇の魔術については、大規模なものを使うときは少々骨が折れるのだとか。それだけ、魔術は生まれ持った属性に左右されるそうなのです。

　わたくしは今、四大元素の魔法を学びながら、何に適性があるのかを探っている状況なのです。

　……グレアム様はわたくしに、おそらく全部か、全部でなくともほとんどの属性が使えるだろうとおっしゃいましたが、本当にわたくしにそんなにたくさんの属性の魔法が使えるのでしょうか。

「ああ、うまくできたな。次はその炎の色を変えてみろ」

「色、でございますか?」

「ああ。青やオレンジ、黄色、紫……炎は色によって温度が変わる」

グレアム様がそう言いながら手本を見せてくださいます。

グレアム様は流れるように火の玉を生み出しながら宙に浮かべていきました。赤や黄色、オレンジ、紫、青、緑……。カラフルな火の玉が宙にぷかぷか浮かんで、とても幻想的です。

「綺麗だと思っても触るなよ。火傷するぞ」

じーっと火の玉に見入っているわたくしが危うく見えたのでしょうか、グレアム様が素早く注意なさいました。

わたくしとて、十七年生きた大人ですので、火に触れれば火傷することくらい知っているのですけど……、わたくし、そんなに何かをやらかしそうに見えるのでしょうか。ぼけっとした顔をしているからなのかもしれません。

グレアム様に心配されないようにキリッとしなくてはと、表情を引き締めます。

「そんなに気負わなくても大丈夫だぞ……?」

キリッとしたのに、グレアム様は逆に不安そうになりました。

解せませんが、キリッとしなくていいらしいので、わたくしは表情筋を元に戻します。

グレアム様は綺麗な火の玉を消して、わたくしに同じようにするように促します。

……温度の違いで色が変わるということは、色ではなく温度を意識して火の玉を生み出せばいいのでしょう。

「炎よ……」

さっきよりも高い温度をイメージして炎を生み出しますと、オレンジと黄色の中間くらいの色になりました。さらに高い温度をイメージすると白っぽい炎が誕生します。それよりも高い温度をイメージすると、水色のような色の炎になりました。

「やはり覚えが早いな。最初でここまでできる者も少ないだろう。それに安定している。アレクシアは炎の適性が強いのかもしれないいな」

きちんとできたのでしょう。グレアム様は満足そうです。

ほめられて、わたくしも嬉しくなります。

「炎の温度を変えるのは、魔術具の研究をする上では欠かせない。練習すれば希望の温度の炎を生み出せるようになるだろう」

「……？　はい……！」

魔術の練習をしているのに、魔術具の研究のお話が出たのはよくわかりませんが、炎の温度を変えることはとても重要らしいです。

頷いてさらに練習を重ねていますと、遠巻きに見ていたメロディが「んんん！」と喉に何かが引っかかったときのような咳ばらいをしました。

「旦那様。何を考えているのか知りませんけど、奥様は魔術具の研究の助手はいたしませんよ」

「……そんなの、わからないじゃないか」

メロディの指摘に、グレアム様がむっとなさいます。

どうやら、グレアム様はわたくしを助手に使うおつもりだったようです。

……助手、ということはお仕事ですよね。魔術具を動かす以外のお仕事も与えられそうです。わたくしにもほかにできることがあってよかったです！

「アレクシアは嬉しそうじゃないか」

「奥様のあれは、旦那様の助手が嬉しいわけではありません。お仕事が嬉しいだけです。ダメですからね。一緒になって研究室から出てこなくなったら、わたしたちが大変なんです！」

食事については研究室の隣に置いておけばいいとしても、睡眠や入浴の時間を取ることも必要です。グレアム様は、睡眠や入浴の時間も忘れてこもりっきりになるそうなので、メロディはグレアム様を研究室から引きずり出すのに毎回苦心しているとのことでした。

グレアム様は面白くなさそうでしたが、メロディのご迷惑になるなら、わたくしがグレアム様の助手を務めることはできません。

グレアム様は拗ねたような顔をして、わたくしに炎を生み出す練習を中断させました。

グレアム様は二十六歳ですが、そのようなお顔をされますと、少し幼く見えますね。なんだか可愛らしいです。思わず、ふふっと笑いますと、グレアム様が赤くなりました。

「っ、次は水を生み出す練習をしよう。水が生み出せれば、ビーカーやフラスコの洗浄が……」

「旦那様」

メロディが低い声を出し、グレアム様がゴホンと咳ばらいをしました。

「違った。水を生み出すことができれば、その、洗濯をするのが楽になるぞ。いちいち水を汲みに行かなくてもいいからな！」

「……旦那様。洗濯メイドがいるのですから、奥様はお洗濯などしませんよ。何のためのメイドですか」

メロディがはーっと息を吐き出しました。

お城のメイドさんたちはメイド頭のマーシアとメロディ以外は獣人さんたちですが、獣人さんたちは魔術に似た力が使えますので、それを使用してお仕事なさいます。

洗濯メイドさんたちは、カワウソや水鳥の獣人が多く、水をあやつるのが得意です。お手伝いしていいのならばしたいですが、たぶん、魔術を習いたてのわたくしではお邪魔でしかないと思います。

「あー、じゃあ、なんだ。喉が渇いたときにいつでも水が飲める」

「喉が渇けばメイドが飲み物を用意いたします」

「いちいち茶々を入れるな！」

何か言うたびにメロディの突っ込みが入るので、グレアム様がイライラと頭を掻きむしりました。

グレアム様とメロディは乳姉弟という間柄だそうです。年齢は同じですが、メロディの方が誕生日が早いと言っていました。そのため、二人の間には本当の姉弟のような気やすさが漂うことがあります。仲良しさんで羨ましいです。

「生み出した水が何の役に立たなくとも魔術の基本だ。黙ってろ！」

メロディを黙らせて、グレアム様が手のひらに水の玉を生み出しました。

ちなみに、なぜメロディが魔術の練習中にそばにいるのかと申しますと、主にグレアム様の監視のためなのです。

魔術のお勉強の初日にグレアム様はわたくしを抱きしめるような体勢で魔術を教えてくださいましたが、マーシアに言わせれば、あんなに密着する必要はどこにもなかったのだそうです。

メロディいわく「セクハラ？」とかいうやつで、グレアム様がわたくしにあんまりべたべたと触らないように目を光らせる必要があるらしいのですよ。

……わたくしは、気にしませんのにね。むしろぎゅっと抱きしめられるのは、その、ドキドキはしますが、嫌ではありません。ちょっと嬉しいです。

メロディやマーシアは「嫁いできたとはいえ結婚式前の女性に破廉恥《はれんち》な……」とかなんとか言っていて、好ましくない行動のようでしたので、もちろんわたくしは、抱きしめられて嬉しいとかという余計なことは言いません。

ちなみに「破廉恥」という言葉もよくわかりませんでしたが、メロディの言う「セクハラ」と同意だと考えていいのでしょうか？

わたくしはグレアム様の真似をして、手のひらの上に水の玉を生み出します。

「本当に覚えがいいな」

一度でできたわたくしを、グレアム様がほめてくださいました。

頭を撫でるように手が伸ばされましたので、なでなでされるのを待っておりましたが、その前にメロディの「んんっ」という咳ばらいが聞こえて、グレアム様が空中で手を止められます。

「頭くらい……」

「不用意に女性の髪に触れてはいけません」

どうやら、なでなでも禁止らしいです。

なでなで、嬉しいのですけど……ダメらしいので仕方ありません。我慢です。

「奥様にそんなにべたべたしたければ、さっさと結婚式を挙げやがれ、です」

メロディがちょっと変な敬語を使いました。

グレアム様は苦虫をかみつぶしたような顔をして、手を下ろします。

「……。次は、風を生み出す練習だ」

微妙な間があって、何事もなかったように魔術の練習が再開されました。

☆

――奥様にそんなにべたべたしたければ、さっさと結婚式を挙げやがれ、です。

メロディのその言葉に、グレアムは何も返せなかった。

(別に、べたべたしたいわけでは……)

ない、と断言できないのが悔しい。

自分の中のアレクシアに対する庇護欲は、日を追うごとに大きくなっていく。

アレクシアの存在は、彼女を知れば知るほど奇跡だと思う。

汚い人間を大勢見てきたグレアムにとって、アレクシアはまるで種族が違うのではないかと錯覚するほどに、いい意味で人間らしくない存在だった。

穏やかで、優しくて、獣人に対する差別意識もない。他人を見下すようなこともなく、誰に対してでも、どんな些細なことでも嬉しそうに礼を言う。

そんな綺麗なアレクシアの心を、ほんの少しであっても傷つけたくなくて、ずっとそばについて見守っていないと不安なのだ。

彼女の周りに存在する空気さえも、彼女を傷つけやしないだろうかと、ありもしない妄想まで働かせてしまう始末なのである。……末期だと思う。

ゆえに、できることならずっとアレクシアを腕の中に閉じ込めておきたいという衝動に駆られるグレアムは、その衝動のままつい彼女に手を伸ばしてしまうのだが、マーシアとメロディが目を光らせるようになって、不用意に触れることもできなくなった。

（結婚式なんて、挙げられるわけないだろう……）

それが、彼女がスカーレットの命令で嫁いできたその日なら――あのとき余計な一言を口にしていなければ、可能だった。

だが、グレアムは面と向かって「つまみ出せ」と言ってしまったあとである。

今更手のひらを返して「結婚しよう」なんてどうして言える？

（アレクシアは一応王命で嫁いできたと認識しているが、その事実を利用してなし崩しに結婚式など……挙げられるわけないだろう）

さすがにそれは、男としてどうかと思うわけだ。

アレクシアが一生懸命風を生み出している。

ふわりとグレアムの頬を撫でて通り過ぎる、少し温かくて、絹糸のように優しい感触の風は、アレクシアの性格を表しているようだと彼女の性格をまだよく知りもしないのに思った。

ここにきて、バランスのいい食事を続けているからだろう、痛々しいほど細かった彼女に、少しずつだが変化が表れている。

かさつき荒れていた肌も傷んでいた金髪も、メロディが実の姉のような甲斐甲斐しさで丁寧に整えているから艶も出てきた。

まるで孵化《ふか》した産毛だらけの雛鳥が、日に日に美しい成鳥になっていくように変化していくアレクシアから、片時も目が離せない。

目を閉じれば、姉、スカーレットのにやにや笑いが浮かぶようだ。

悔しいかな、スカーレットはグレアムの性格を熟知している。

アレクシアの境遇、性格、外見。

グレアムが無視できない要素ばかりを持った彼女を、無下に放り出すはずがないと、姉はわかっていたのだろう。

姉の思い通りに進んでいるようで悔しいが――グレアムだって、自分自身の感情がわからないほど愚鈍ではない。

アレクシアに惹かれはじめている――いや、すでに惹かれているのは、自覚していた。

だからこそ、安易に結婚式を挙げようなどと言えない。

初日に自分がアレクシアに取った態度は、あまりにひどかったから。

アレクシア本人が気にしていなくとも、グレアムは忘れることなどできないのだ。

（せめて、アレクシアが、俺を好きだと……彼女の意志で俺と結婚したいと思うまでは、言えない……）

グレアムが言えば命令になる。

女王の命令で嫁いできたアレクシアは、断ることなどできないだろう。

アレクシアに結婚の強要などしたくなかった。

かといって、初日に暴言を吐いたグレアムと結婚したいと、アレクシアが思ってくれるとはどうしても思えず……。

今更どれだけアレクシアを大切にしようとも、彼女の中でグレアムが結婚したい相手に上ることはないのかもしれない。

「グレアム様、できました！」

嬉しそうに笑うアレクシアが、眩しい。

（あー、くそ！　……可愛いすぎるだろう……）

理性も悔恨も何もかもをはるか彼方に追いやって、ぎゅうぎゅうに抱きしめてしまいたい。

ひたすら煩悩と理性と戦うグレアムに、メロディがあきれ顔を浮かべていたことには彼はまったく気が付かなかった。

四　諜報隊長からの知らせ

コードウェルに来て一か月が経ちました。

王都はそろそろ秋が終わるころでしょうか。

このころになると王都でも木枯らしが吹きはじめて、朝晩が急激に冷え込むようになります。

王都にいたときはクレヴァリー公爵家のタウンハウスにおりまして、屋根裏の物置を使わせていただいておりましたが、あそこは隙間風が入り込んできてとても冷えるのです。がたがたと震えながら過ごす夜のことを夢に見てハッと飛び起きたわたくしは、暖かい室内と、ふわふわのベッドにほっと致しました。

夢に見たからでしょう。

まるであの日々に戻ったような不安を覚えてしまいました。

……あのころはあれが当たり前だと思っていましたのに、思い出しただけで不安になるなんて、わたくしも贅沢になったものです。

まだ朝早いですが、メロディが暖炉に火を入れてくれたのでしょう。薄暗い室内に赤い炎の光が揺らめいています。

パチリパチリと薪が爆ぜる音が、子守歌に聞こえてきました。

まだ起きるには早いので、わたくしはもう一度お布団に潜り込みます。

ふわふわで、ぽかぽかして、幸せです。

女王陛下のご命令で嫁ぐことになったと知ったときは驚きましたが、まさか、こんな贅沢な日々が与えられるなんて思いませんでした。

ここでは、お日様が昇るまで眠っていていいのです。

朝ごはんも、毎日用意してくださいます。

いいえ、朝ごはんだけではございません。当たり前のように毎日三食、さらにティータイムにお菓子までいただけるのです！

至れり尽くせりで、何かお返ししなくてはと思うのですけれど、魔術のお勉強中のわたくしはまだ皆さんの役に立てるほど魔術が使えません。

「そういえば今日は、グレアム様が魔術具を見に行くとおっしゃっていましたね……」

城下町にある、お湯を作り出す魔術具を見に行くのです。

そして、バーグソン様もご一緒なさるとのこと。

バーグソン様とは、あの地震の日以来お会いしておりませんので、およそ一か月ぶりです。

魔術具を見に行くのですよとメロディに教えたところ「旦那様は奥様に何が何でも魔術具に興味を持たせたいみたいですね」とあきれ顔をしていました。

ですが、いずれ魔術具を動かすのはわたくしのお仕事になる……はずです。そうならないと困ります。今のところほかにできそうなお仕事がございませんから。ですので、早くからどのようなものかを知っておくのは必要なことだと思います。

うつらうつらしておりますと、しばらくして部屋の扉が開く音がしました。マーシアかメロディのどちらかでしょう。起きる時間のようです。

わたくしがベッドに上体を起こしますと、顔を洗うためのお湯を載せたワゴンを押していたメロディが苦笑しました。

「奥様……。わたしが起こすまで寝ていていいですよって言っているのに」

「すみません。目が覚めてしまったので……」

公爵家では日が昇る前に起きていたわたくしは、どうも早起きの癖がついているようです。

こうしてメロディやマーシアが起こしにくる前に起きていることは珍しくありません。

夜着の上にガウンを羽織り、メロディが用意してくれたお湯で顔を洗います。

王都では、真冬は凍り付く前のような冷たい水を使っていたのに、ここでは顔を洗うだけでも贅沢にお湯が与えられるのです。冷たいお水で顔を洗うと、顔や首や肩がきゅうってなってとても寒くてつらかったので、お湯で顔を洗えるのは大変ありがたいです。

……当たり前のようにお湯が使えるなんて、魔術具、すごいです！

顔を洗ったあとは、メロディに手伝ってもらって服を着替えます。

髪を整えてもらって、メロディの入れてくれたハーブティーで一息ついたあとで、朝食のためにダイニングへ向かうのです。

コードウェルは寒い地域だからでしょうか。お城の玄関ホールにも巨大な暖炉があって、温められた空気が循環しますので、廊下もそれほど寒くありません。

マーシアによりますと、このお城は数年前にグレアム様が開発した空気を循環させる魔術具が付けられているそうです。それが暖炉の熱を回し、城の中の空気の温度を一定にしてくれるため、ずいぶんと過ごしやすくなったと言っていました。

現在、グレアム様は暖炉がなくても空気を温かくできる魔術具を開発中だそうです。まだ試行錯誤を重ねている段階だそうですが、それが完成すると、試運転もかねてお城に取り付けるとのことでした。

魔術具を作るのには、とても時間と労力と、材料になる魔石やなんやと用意するお金がかかります。なので一般家庭に普及させるのは難しいですが、グレアム様は魔術具の小型化や、使用する魔石の量を削減する方法も研究しているそうで、もしかしたら、ずっと先の未来では、今よりももっともっと魔術具が普及しているかもしれませんね。

……まあ、魔術具を動かすのは魔術師しかできませんから、個人が日常使いするのは難しいでしょうが。

ダイニングに到着しますと、すでにグレアム様が席についていらっしゃいました。

わたくしは、グレアム様の向かいに席が用意されていますので、そちらに座ります。

ここは一般に「上座」と呼ばれる席のはずで、わたくしなんかがグレアム様とともに上座に座していいものかと心配になりますが、朝食の席はわたくしとグレアム様の二人だけですので、気にしないことにしております。

……そのぅ、気にすると、恐れ多くて食事が喉につっかえそうですので。

今日の朝食は、まだ湯気が立ち上っているふわふわで温かいパンと、スープ、ソーセージとスクランブルエッグ、そして温野菜のサラダです。パンには、バターのほかに、数種類のジャム、アーモンドバター、ホイップした生クリーム、チョコレートクリームが用意されています。どれでも好きなものをつけて食べていいのです。なんて贅沢なのでしょう！

わたくしは到底すべてのジャムやバター、クリームを試すことはできませんので、毎日違う味を楽しませていただくことにしています。今日は、チョコレートクリームの日です。

ちょっぴりビターなチョコレートクリームをつけて一口。……ああ、幸せです。

口元を押さえて幸せを噛みしめていますと、グレアム様が優しく目を細めてこちらを見ました。

「食べる量が少し増えたな」

そうなのです！

わたくし、以前よりも少し多く食事が摂れるようになりました！

胃が慣れてきたのだろうと、一週間に一度健康診断をしてくださるお医者様がおっしゃっていました。健康診断も、そろそろ一か月に一度に変えてもいいだろうとのことです。

ちなみにわたくしを診てくださっているお医者様は、わたくしがやせすぎていることを心配したグレアム様が手配してくださったのです。

わたくしの主治医に決まったこの方は、お城の近くに住んでいらっしゃって、代々領主様の健康を管理していらっしゃるお医者様の一家の娘さんなのでございます。メロディと同じ年で、獣人さんが多いコードウェルですが、人間の方です。といいますか、種族が違うと勝手が違うようで、人間は人間のお医者様が、獣人は獣人のお医者様が診る方がいいのだそうですよ。

グレアム様は、会った初日こそ厳しい表情をされていましたが、最近はとても優しい表情をしてくださいます。

嬉しくて微笑み返しますと、顔を赤くされるのは前からです。

どうして赤くなるのかはわかりませんが、いつものことなのでわたくしも気にならなくなりました。

口には出せませんが、赤い顔をしているときのグレアム様は目元が柔らかくなって、ちょっと可愛いのです。

朝食を終えると、支度をすませて一時間後にお城の玄関に集合です。

魔術具。どんなものなのでしょう。

楽しみですね！

「……どうしましょう」

「何がですか？」

一緒にクローゼットを確認していたメロディが、わたくしの小さなつぶやきを拾って首を傾げました。

「いえ、その……、わたくし、自分自身で服を選んだことがなくて……、今日、どのコートを着て行けばいいのか、よくわからないのです」

マーシアとメロディのおかげで、わたくしの服が増えました。わたくしはこれまで、選ぶほどたくさんの服を持っておりませんでした。けれども、覗き込んだクローゼットには、たくさんの服が詰まっていて、ドレスは十着以上、コートも三着もあります。

「今日のコートは、どれにしたらいいのでしょう」

まさか、コートを選ぶという贅沢な悩みがわたくしの身に降りかかることがあるとは思いませんでしたよ。

「どれも気に入りませんか？　今日は無理ですけど、もっと可愛いのを買ってきましょうか！」

「え？　ち、違います！　気に入らないなんてそんな……、ただ、わたくしには三着とも贅沢すぎる気がして、どれを選んでいいものか……」

わたくしが真剣にコートを見ていますと、メロディとマーシアが顔を見合わせて笑い出しました。

「今からそんなことを言っていてどうするんですか？　まだまだ増えるのに」

「え⁉」

わたくしがびっくりして固まりますと、マーシアが笑いながらクローゼットから白いコートを取り出します。

「旦那様のご命令で、すでに注文もかけています」

「ええ⁉」

まだ増えるんですか？　そしてすでに注文済み？　驚きすぎて息が止まるかと思いましたよ。

もちろん嬉しいのですけど、贅沢すぎて眩暈がしそうです。

「お時間もありませんので、今日はわたくしがお選びしますね」

「ありがとうございます、マーシア」

今日のわたくしのドレスは、メロディが淡いピンク色のものを着せてくださったので、コートは白にするそうです。

雪が積もっていますので、寒くないようにブーツを履きます。このブーツは何枚も布が重ねられていて、さらに布と布の間には、鳥の獣人の換羽期に出る羽が詰められています。ふわふわしてとても暖かいです。

「今日はバーグソン様が一緒なので大丈夫だとは思いますけど、旦那様にべたべたされたら、その手を払いのけて構いませんからね」

メロディもマーシアもお留守番です。メロディがわたくしの襟にティペットを巻きながら真剣な顔をして言いました。

……べたべた？

それが何かはよくわかりませんが、とりあえず頷いておきます。ですが、グレアム様の手を払いのけるなんて恐れ多いこと、わたくしには無理ですよ？

メロディとともにお城の玄関に向かいますと、すでにグレアム様がお待ちでした。

今日は護衛の獣人さんはいません。グレアム様が充分にお強いから不要なのです。

そうそう、護衛の獣人さんと言えば、魔力測定のときに護衛をしてくださった黒豹の獣人のオルグさんは、わたくしの専属の護衛に決まったのですよ。

専属。恐れ多いですが、グレアム様が一緒に行動できないときに、わたくしの身を守る役目の方が必要なのだそうです。オルグさんは気やすくて面白くて優しい方ですので、もちろん異論はございません。

「いってらっしゃいませ。……旦那様、わかっていらっしゃいますね？」

お見送りしてくれたメロディが、最後はドスのきいた声で低くグレアム様におっしゃいます。

何が「わかって」いらっしゃるのかはわかりませんが、グレアム様が口端を引きつらせながら顎を引くように頷きました。

今日は、馬車を使います。

馬車でバーグソン様のお屋敷に向かって、そこからは徒歩で魔術具のある所へ向かうのだそうです。

バーグソン様は、城下町の中でも城から遠い南のあたりに邸を構えていらっしゃいます。

城下町をぐるりと囲む城壁の近くに邸を作られたのは、有事のときに、防衛の指示を出すのに都合がいいからだそうですよ。

グレアム様は「隠居したじじいが余計な気を回さなくてもいいのにな」と肩をすくめていらっしゃいましたが、この地の辺境伯でいらっしゃったバーグソン様は、隠居されてもやはりこの地のことが気になるのだと思います。領主様の鑑です。

馬車の中では、グレアム様のお隣です。

手を引いて馬車に乗せてくださったグレアム様が隣をお示しになったのです。

見送りのメロディが片眉を跳ね上げましたが、メロディが何か言う前にグレアム様はさっさと馬車の扉を閉めてしまいました。

馬車が動き出して少しして、グレアム様が当然のようにわたくしの肩に手を回します。

「揺れると危ないからな」

そうおっしゃいますが、この馬車はびっくりするほど揺れが少ないです。

王都からこの地まで来るときの馬車は、ガタンガタンと上下左右にとてもよく揺れたのですが、この馬車はたまにガタンと小さく揺れるだけで、ほとんど水平に動いているように思えます。

でも、久しぶりにグレアム様にぴたっとくっつけて嬉しかったので、もちろんわたくしは何も申しません。

ドキドキと心臓が速くなります。

そしてほっこりと胸の中が温かくなって、落ち着くような落ち着かないような、不思議な感覚になるのです。

……そういえば、グレアム様はどうしてこの北の地の領主業務を継ぐことになさったのでしょう。

ちらりとグレアム様の端正な顔を見上げていると、わたくしの脳裏に、そんな疑問がひょこっと頭を出しました。

前コードウェル辺境伯でいらっしゃるバーグソン様はご結婚されていましたが、早くに奥方を亡くされました。亡き奥方との間にお子様はおらず、再婚もなさいませんでしたので、跡継ぎがいなかったというのは、この地へ来る前に御者さんが教えてくれました。

グレアム様は王弟でいらっしゃいますので、バーグソン様の養子になったわけではございません。

厳密にいえば、グレアム様は別の公爵位をお持ちでして、コードウェル辺境伯のお名前を継いでいるわけではないのです。

グレアム様がお持ちの公爵位は、一代限りのものです。公爵領がついてくるものではなく、王族としての尊厳を守るための、いわば称号のようなものだと聞きました。こういった一代限りの公爵位は、王の兄弟や子たちによく与えられるのだそうです。

グレアム様は、コードウェルへお引っ越しした十五歳のときにはまだ公爵位をお持ちではありませんでしたが、その一年後、女王陛下が即位なさった際に公爵位をお与えになっています。

確か……クロックフィールド公爵だったはずです。

グレアム様はバーグソン様の許可のもと、女王陛下のご命令でこの地をお与えになられていますから、申請を出してコードウェルをクロックフィールド公爵領と改めても大丈夫なはずです。

そうなれば、領地を伴いますので、クロックフィールド公爵のお名前は一代限りのものでもなくなるでしょう。その方があとあとのことを考えると都合がいいと思うのですけれど、グレアム様はどうも、お名前を改めるつもりはないようです。

それはまるで、ご自身の寿命が尽きたら、どなたかにこの場所をお譲りになるつもりであるように思えました。

そう……我が子に継がせるのではなく。

だからずっと独身でいらっしゃったのかもしれません。

そう考えると、女王陛下のご命令とはいえ、嫁いできたわたくしが邪魔でも仕方がないです。独身を貫き通されるおつもりだったのならば、わたくしの存在は、グレアム様のご意思を無視したものになるでしょうから。

なのに、初日こそ「つまみ出せ」と言われましたが、グレアム様はそれ以降はとても優しくしてくださいます。

こうして、些細な馬車の揺れからも守るように、肩を引き寄せてくださったりもするのです。

……優しくされると、なんだか大切に思われていると勘違いしてしまいそうになりますね。自分の都合のいいように考えてはいけません。気を付けないと。

「んん！　どうした？」

なんてお優しい方なのでしょうかとグレアム様を見つめておりましたら、グレアム様が少々居心地が悪そうに咳ばらいをしました。

どうやら、見つめすぎていたようです。不躾すぎました。

しかし、邪魔者にも優しくしてくださるいい方だと思っていましたとは言えません。さすがにそれでは上からものを言っているようで失礼ですから。悩んだ末、わたくしは常に思っていることを口にします。

「いえ、その……ええっと、グレアム様はとてもお美しいなと思いまして」

「んぐぅ！」

グレアム様が変な声を出しました。

「ど、どうなさいましたか？　まさかご体調が⁉」

あまりに変な声でしたので、どこかが痛いのかもしれません。

わたくしは慌てて御者さんに馬車を止めてもらおうと腰を浮かせましたが、グレアム様の手がそれを押しとどめました。

「な、なんでもない。ちょっと喉の調子がおかしかっただけだ」

ごほごほと咳をしつつ、グレアム様が口元に拳を当てて横を向きます。

「喉の調子が……。それは、風邪かもしれません。今日はお城で安静にしていた方が……」

「風邪ではない。大丈夫だ。そ、そうだな。ほ、埃かもしれない」

「埃でございますか」

馬車の中はとても掃除が行き届いていて清潔な感じがいたしますが、小さな埃は目に見えないこともあります。

……あ、でも、埃でしたらお役に立てます！

わたくし、つい三日前に風の初級魔術の「クリーン」を教えていただいたばかりなのです。

「クリーン」というのはお掃除の魔術で、世間一般に「クリーン」という名前が付いているわけではございませんが、わたくしは名前を付けた方がイメージしやすいので勝手にそう呼ばせていただいています。

「お任せください。すぐに綺麗にいたします。『クリーン』」

グレアム様ならこの程度、言葉に出す必要はまったくございませんが、わたくしはまだひよっこですので、言葉にしなければうまく魔術が使えません。

わたくしの手がぽっと金色に染まって、馬車の中がすーっと、そう、まるで山深い場所にある滝や泉のそばのような澄んだ空気になりました。

グレアム様が苦笑して、わたくしの頭にポンと手を乗せます。

「ああ、上手にできたな。ありがとう」

少し困ったような笑顔に見えますが、失敗はしていないようなのでよかったです。

「ほら、もうすぐじじいの邸だ」

じじいとはバーグソン様のことです。グレアム様はバーグソン様を「じじい」とお呼びです。きっと本当の祖父のようにお慕いなのでしょう。

グレアム様がおっしゃった通り、馬車の速度が少しずつ緩やかになって、そしてやがて、大きなお邸の前で停車しました。

「……大きいですね」

お湯を作る魔術具は、城壁を出てすぐのところ、南門の近くにありました。

コードウェルに来たときも、南門をくぐってお城へ向かいましたが、そのときは馬車の中に冷気が入らないよう馬車の帳《とばり》を下ろしておりましたので気が付きませんでした。

南門を出てしばらく行った先には山脈が広がっていて、いくつかの細い川が一本につながって大きな川になったものが、この近くに流れています。

その川から水を引き、南の城壁のところに掘った堀に水が入り込むようになっているのです。

この水は生活用水のほかに飲料水にも用いますので、堀から城下町に水を引くときには水を綺麗にする魔術具を通して流すようにしているそうです。

お湯を作る魔術具は、堀の中に、小さな塔のようにそびえ立っていました。

わたくしの身長の三倍くらいありそうな大きな六角柱です。

六角柱の表面には複雑な模様が彫ってあり、たくさんの魔石が埋まっていました。

……わたくし、魔石をこんなにたくさん見るのははじめてでございます。

魔石はとても貴重なものです。普通の宝石の何倍もの価値があると聞きます。

そもそも魔石とは、魔物にしか作り出すことができないものなのです。

魔物が寿命を迎えて死んだのち、体内に流れていた血が集まり凝り固まって、長い時間をかけて石化いたします。それが魔石です。

このような現象は、人間でも獣人でも見られない、魔物特有のものなのだそうです。

わたくしは魔物を見たことはございませんが、グレアム様から教わったことによると、魔物と獣の違いは、その体内に流れている魔力なのだそうです。

人間や獣人も、人によって大差がありますが、体には魔力が流れています。そしてそれは獣も同じです。その獣の中で、一定以上の魔力を持つ者が魔物と呼ばれます。

人間と違って、獣は種族によって体内に保有する魔力量がある程度決まっておりますので、獣と魔物には明確な種族の違いがございます。

「赤いから、これらは火の魔石ですよね？」

「ああ、よく覚えていたな」

わたくしが教わったことを覚えていたからか、グレアム様が優しく微笑んでくださいました。

「あれが元は魔物の血だなんて、不思議ですよね」

「血が凝固したものと言えばそうだが、血の塊とはやはり違うんだ。どのような変化で魔物の血が魔石に変質するのかは、まだ詳しく解明されていないんだが……」

「長い時間をかけて血が魔石に変質するのは、魔物特有なんですよね？　なぜなんでしょう……」

わたくしは何気ない疑問を口にしただけだったのですが、どうやらその質問はグレアム様の何かを刺激してしまったようでした。

パッと顔を輝かせると、いつもより少し早口でおっしゃいます。

「それについてもまだ解明されていないんだが、俺は、魔物はその身に流れる血に魔力を貯めているのではないかと考えているんだ。だからその血が凝固して、魔石に変質するのではないかとな。人間や獣人の血にも多少なりとも魔力は流れているが、血に魔力を貯めているわけではない。だから人間や獣人は死んで時間が経過しても魔石に変化しないのではないかと思う。もちろんこれは、仮説でしかないが、そう考えると説明がつくと思わないか？」

「は、はあ……」

ごめんなさい。わたくしには難しくて半分くらいしかわかりませんでした。

「そのくらいにしてください。今日は魔石や魔物について考察するために来たわけではないのですから」

わたくしがぽかんとしているのに気付いたのでしょう。バーグソン様が苦笑なさって、まだ話し足りなさそうなグレアム様を止めてくださいます。

グレアム様は残念そうでしたが、仕方なさそうな顔で頷きました。

……それにしても、これだけ魔石が並んでいると圧巻ですね。魔物が寿命を迎えることでしか生まれない魔石は、魔物の少ないクウィスロフト国では特に希少で高価だとお聞きしましたので……こ、これ一つ作るのに、いったいどのくらいのお金がかかるのでしょう。いえ、わたくしはお金の価値に疎いので教えられても正しく理解できないと思いますけど、とんでもなく高価だというのはわかります。

クウィスロフト国は、近隣の国々と比べて魔物が少ない国なのです。

特に王都に近づくにつれ、その特性は顕著になります。

はるか昔の建国の時代に、クウィスロフト国には水竜様がいらっしゃって、今でも地下深くでお眠りになっていると伝えられています。

真実かどうかはわかりませんが、クウィスロフト国の建国史を学ぶときには必ず登場するお話です。

その水竜様が、クウィスロフト国を守っているから魔物が少ないのだと、わたくしは家庭教師から教えられました。

魔物は、自分より強い魔力の気配を感じ取ると身の危険を感じ取って逃げる性質がございます。魔物も獣と同じように、お腹がすけば狩りをします。魔物の狩りの対象は、獣や自分より弱い魔物だったりもしますが、人間や獣人も含まれているのです。

とはいえ、獣人は強い魔力を持っている方が多いので、狙われるのは魔力の少ない人間が多いです。魔術が使えないほどの微弱な魔力しか持たない人間は、魔物にとって格好の餌でございます。

ちなみに、人間の中でもグレアム様のような大魔術師様は滅多に襲われることはございません。魔物は、魔力に敏感ですから、そこにどれほどの魔力があるのかを敏感に感じ取るのです。よほど切羽詰まった状況でない限り、自分より強い魔力を持っている者は襲いません。

そして、保有する魔力の大きさで言うならば、最たるものが竜だと聞きます。

水竜様が地下深くでお眠りになっているクウィスロフト国の中心部では、その気配を恐れて魔物が近寄らないのです。魔物は水竜様の逆鱗に触れることを恐れて近づかないのだと、建国史を教えてくださった家庭教師は言いました。

魔物の被害が少ないのは、それはとても素晴らしいことです。

ですが、そのせいでクウィスロフト国では魔石があまり採れませんので、しばしば相場が跳ね上がるのだとか。

魔石がびっしりとついているこの魔術具の価値がいかほどか、わたくしは恐ろしくて訊けません。いえ、聞いてもきっと理解できないでしょうけどね。

わたくしは改めてお湯を沸かす魔術具を見上げます。

六角柱の魔術具の半分より下のあたりに、大きな円い筒のようなものがついていて、そこから湯気が出ている熱そうなお湯が城下につながる水路に向かって流れています。

「手を伸ばしても届かないところではあるが、不用意に近づくなよ。火傷するぞ」

お湯は、沸騰直前くらいのすごくすごく熱いものなのだそうです。熱いお湯にすることで殺菌にもなりますし、このくらい熱くしておかないと、城下町の蜘蛛の巣のような水路を通っている間にすっかり冷えてしまうのだそうです。

これだけ熱くしていても北の方に向かうにつれて冷たくなるそうですから。

なので、お湯を沸かす魔術具は、一度水が集まるようにしている城下町の北の広場にもつけられているとのことでした。

驚くべきことに、広場の噴水自体がお湯を沸かす魔術具なのだそうです。ただ、そこは熱湯にしてしまいますと大やけどをする人が続出いたしますので、南門の魔術具で高温にして殺菌し、広場の噴水では触れるとちょっと熱いくらいの温度になるよう調整しているのだとか。

「本当はもう何か所か増やしたいんだがな」

そこまで徹底していても、やはり場所によっては水路の水は冷えているところもあるそうです。

グレアム様は、どこの水路でもお風呂くらいの温度のお湯が流れるようにしたいのですが、どうしても難しいものがあるらしいです。

「もともとこれは、冬場に水が凍り付くのを防ぐためにつけられたものですからね。今でも充分その役割は果たしていますから、これ以上の利便性は追求しなくてもいいのでは？」

バーグソン様はそうおっしゃいますが、グレアム様は納得されていないみたいですね。

「お湯が各家に届けば、もう一度沸かし直す必要がないから便利でいいだろう」

「そう言いますけどね。グレアム様がいろいろ便宜を図ってくださるおかげで、この十年余りでここはずいぶん過ごしやすくなったのですよ。ちょっと快適すぎるくらいです。あまりやりすぎると、王都のあたりで、うるさく言う者も出てくるでしょう」

確かに、ここは王都よりもたくさん魔術具が設置されていて、住民が快適に過ごすための細やかな配慮がなされています。

わたくしはクレヴァリー公爵家の外に出ることは滅多にございませんでしたので、王都の様子には疎いですが、雪深いことを除けば、おそらく王都の貴族街よりも、コードウェルの城下町の方が快適なのではないでしょうか。

……少なくとも、王都にはお湯は流れておりませんし、こうして生活用水のために水を綺麗にする魔術具がつけられてもいませんからね。

王都では、基本的には井戸の水を生活用水にしています。

水路もありますが、それは使用済みの水を流すためのものです。

王都の周辺を流れる川は、あまり水質がよくありませんので、王都に引き込んでもそのままでは飲めないのです。

ここのように水を綺麗にする魔術具をつければ生活用水として使えるのでしょうけど、それをするにはお金がかかりますし、貴族は、使用人に生活のあれこれを任せておりますので、そのあたりの状況にはとても疎く、また興味もありません。綺麗な水が水路を流れていたからといって、貴族は自ら水を汲んだりしませんからね。

ですので、興味がないので、整備しません。

王都の水路を整備する場合、決定を下すのは土木省ですが、土木省にお勤めの方は貴族の方ですから。綺麗な水の流れる水路を整備するくらいなら、少しでも馬車がスムーズに走れるように、道を整備する方に税金を使います。

でも、ですね。

そのぅ、貴族とは少々面倒くさい人たちなのですよ。

自分たちが興味がないから整備していなくても、ほかの場所で自分たちより便利な暮らしをしている者がいると、面白くないのです。

やっかみというものが出るのでございます。

わたくしはあまり貴族のことに詳しくありませんが、そういうものなのだというのはなんとなく知っています。義母や異母姉が、公爵より位の低い侯爵領に魔術具を取り入れたと噂で聞いたときに、しかめ面で怒っておりましたから。

確か侯爵領に設置された魔術具は、水の塩分を取り除く魔術具だったはずです。

クウィスロフト国は内陸にある国なので海は近くにありませんが、東の国境に塩湖があります。国境をまたぐようにして存在している塩湖の近くに侯爵領がありますが、農作物があまり育たない地だったそうです。農業に塩湖の水は使っていなかったそうですが、調べたところ、畑に引き入れていた川に少し塩分が含まれていたらしいのです。そのため、国に申請して、塩分を取り除く魔術具を購入したとのことでした。

水から塩分を取り除く魔術具はクウィスロフト国ではあまり聞きませんが、海に面している国では設置されている魔術具だそうです。

……クレヴァリー公爵領の川には塩は含まれていないので、そのような魔術具は必要ないはずですのに、義母や異母姉は、「侯爵領が便利になる」と言うのが気に入らなかったようでした。自分たちよりも身分の下のものが得をするのが許せないのです。

このように、貴族はとてもややこしいのです。

その侯爵領に入れた魔術具よりも、コードウェルに設置されている水を綺麗にする魔術具の方がおそらく高性能のはずですので、これだけでも知られれば大騒ぎになるのではないでしょうか？　コードウェルの住人だけ特別扱いだと文句を言い出す人も出てくるでしょう。

「馬鹿馬鹿しい。国に申請して国から魔術具を融通してもらうのならまだしも、この十年余りに設置した魔術具は全部俺が作ったものだ。文句など言わさん」

領主が領民のために行動して何が悪いとグレアム様は鼻を鳴らします。

……え⁉　そうなのですか⁉

メロディから魔術具研究がご趣味と伺っておりましたが、まさかグレアム様ご自身が作られたとは思いませんでした。さすが大魔術師様です。

グレアム様がお作りになったのであれば、おっしゃる通りだと思います。

本来ならば、その領地は領主の裁量によって治められるものです。領主が作ったものを領地に設置しても、なんの問題もございません。

バーグソン様は、小さくため息を吐きました。

「やりすぎると、陛下にも献上すべきだと言い出す輩が増えますよと言っているのですよ。陛下に献上なさった場合、今度は各方面が騒がしくなります。あちこちの領地から魔術具が欲しいという相談が、陛下経由で入るようになりますよ。そうなったら、大変な思いをするのはグレアム様でしょう」

「相手にしなければいいだけだ」

「そうはいきません。グレアム様が無視をしても、陛下に嘆願が入れば、陛下もすべては無視できなくなります。最終的に王命となれば、グレアム様は動かざるを得ません」

魔術具を作るのにはとても時間がかかります。お金もです。まず魔石を手に入れるのに莫大なお金がかかります。

　お金の方は注文主から回収できたとしても、時間はどうしようもありません。バーグソン様は、魔術具の注文で大忙しになるかもしれないグレアム様を心配なさっているのでしょう。

　実際、王命でわたくしを押し付けられたばかりのグレアム様は、むぅっと眉を寄せます。

「魔術具は目立つからな。やはり小型化を急ぐしかないか」

「……どうあっても、自重はなさらないおつもりなんですね」

　バーグソン様は苦笑しましたが、それ以上は何も言いませんでした。グレアム様が領民の利便性を考えていらっしゃることはバーグソン様もわかっていらっしゃるので、これ以上は言えないのでしょう。

「さて、いつまでも外にいては寒いからな。アレクシア、魔術具への魔力の補充の仕方を教えてやるから、こっちへおいで」

「はい！」

　これでようやくわたくしも、魔術具に魔力を補充するお仕事ができるようになります。

　わたくしがコードウェルに来てからはじめてのお役目です。頑張って覚えます！

「だいたい、ひと月に一度様子を見に来て、魔力の残りが少なくなっていれば補充するんだ。表面にたくさん魔石が埋め込まれているだろう？」

「はい、キラキラ光っていてとても綺麗です」

　表面に埋め込まれている魔石は、彫られている模様と調和するような配置に並べられていて、それが赤色に輝いていて美しいです。

「あれは火属性の魔石が使われている。水を吸い上げて沸かし、横の管から流れるようにしているんだ。もともとあった魔術具を俺が改良したものなんだが、表面に彫られているのは魔術のための模様で、軽く説明するとだな――」

「おっほん！　グレアム様、説明はいいですから早くなさってください。いつまでも外にいては寒いと言ったばかりではないですか」

グレアム様の「軽い説明」はちっとも軽くありませんからとバーグソン様が肩をすくめます。

「……仕方ない。説明は今度にしよう」

趣味で魔術具研究をするくらい大好きなグレアム様はちょっぴり面白くなさそうでしたが、魔術具の原理の説明は省略することにしたようです。

「赤く輝いている魔石は、まだ魔力がたっぷりこもっている証拠だ。逆に、ほら、左側を見てみろ。輝きがなくなっているだろう？　あのようになったら、魔力がなくなったのだと考えていい。魔石の魔力がすべてなくなると魔術具は動きを停止するから、そうなる前に魔術具に魔力を補充するんだ。魔術具に向かって手をかざして」

「こうですか」

わたくしは両手の手のひらを魔術具へ向けます。

「そうだ。そして、俺に魔力を渡したときのように、自分の中にある魔力を魔術具に向かって放出してみろ」

「わかりました」

魔力を動かす練習はたくさんしましたから、それほど気合を入れなくてもできるようになりました。

わたくしが魔力を魔術具に向かって放出しますと、輝きが消えていた魔石が、一つ、また一つと輝きはじめました。

「ああ、上手だ。ただ、慣れないうちに一度にたくさんの魔力を使うと疲れるだろうから、あとは俺がしよう」

魔石が五つ輝いたところで、グレアム様がストップをかけました。

輝きが消えている魔石は、あと十四個ありましたが、グレアム様が手をかざすと、あっという間に十四個すべての魔石が輝きます。

……すごいです。さすが、大魔術師様。

「今日の仕事はこれでしまいだ。帰るとしよう」

グレアム様がそう言って、流れるような仕草でわたくしの手を取りました。

「仲がよろしいようで、結構ですな」

バーグソン様が、孫をからかうような顔でそうおっしゃいますと、グレアム様がハッと目を見開いて赤くなりました。

「い、いや、これはだな、雪道で、滑るといけないから……」

確かに、雪道を歩き慣れないわたくしは、うっかり滑って転んでしまうかもしれません。

……グレアム様、お優しいです。

気遣いが嬉しくてふにゃりと微笑みますと、グレアム様はますます赤くなりました。

「そういうことにしておきましょう」

「だから！」

バーグソン様に、グレアム様が赤い顔で食ってかかろうとしたときでした。

ばさり、と鳥の羽音のような音が聞こえたと思うと、グレアム様が表情を引き締めて視線を空に向けました。

バーグソン様も空を見上げます。

わたくしもお二人に倣って、よく晴れた青い空を見上げますと、目の前を黒い影のようなものが素早く横切りました。

鷹、でしょうか。

その割に、とてもとても大きいですが。

「ロックですね」

「そのようだ」

グレアム様が軽く手を振りますと、大きな鷹がまっすぐこちらに降りてきました。

そして、鷹が目の前に降り立った直後に、姿が変わります。

少し長い焦げ茶色の髪に、ハシバミ色の瞳の、背の高い男性です。どうやらロックさんとおっしゃるこの方は、鷹の獣人さんのようです。

「どうした」

グレアム様が訊ねますと、ロックさんは胸に手を当てて軽く頭を下げ、こう返しました。

「南の国境のあたりで小規模な内乱が発生したようです。現在、詳しく情報を集めさせておりますが、あの場所はおそらく……」

わたくしは目を見開きました。

南の国境付近には、クレヴァリー公爵領があります。

わたくしは一度も行ったことはありませんが公爵領なのでとてもとても広いのです。なので、もしかしなくとも――

ロックさんが、わたくしを気づかわし気に見たあとで、わたくしの予想と同じことを言いました。

「クレヴァリー公爵領だと思われます」

五　エイデン国からの使者

ロックさんの報告を聞いたあと、急いで城に帰りますと、間もなくロックさんの部下だという諜報隊の皆さんが次々に帰還いたしました。

諜報隊は鳥の獣人さんで結成された部隊で、だからこそとても早く情報を集めることができるのだそうです。

……内乱とは、何がどうなっているのでしょうか？

グレアム様はわたくしにもロックさんたちの報告を聞くことを許してくださいましたが、さすがに余計な口ははさめませんので、グレアム様の執務室でそわそわと報告を待ちます。

執務室のソファ席には、マーシアが用意してくれた優しい香りの紅茶が湯気をあげています。

お茶が用意されたのは、グレアム様とわたくし、それからバーグソン様の三人だけで、ロックさんは背筋をピンと伸ばして立っていらっしゃいます。

デイヴさんも、ソファの後ろに立っていて、いつもよりきりりとした表情を浮かべていました。

息をするのも憚られるような緊張感が漂っています。

諜報隊のうち、情報を集めに行っていた五人の諜報官が全員戻ってきたところで、彼らから聞いた情報をまとめたロックさんが報告をはじめました。

「内乱が起こった場所ですが、やはりクレヴァリー公爵領で間違いなかったようです。正確には、クレヴァリー公爵領の南東で、数十人の獣人が武力蜂起した模様です」

「獣人か……」

グレアム様が軽く目を見開き、そして低くうなりました。

「数が数十人程度でも、相手が獣人では、すぐには鎮圧できないでしょうな」

バーグソン様も眉を顰めます。

獣人は、人と比べてとても身体能力が高いのです。その上、魔力量が多い傾向にあり、人間が使う魔術とは少々性質は異なりますが、似た力を使うことができます。

「ああ。……公爵領にはたいして魔術師がいないだろうからな、鎮圧のために国軍から魔術師が派遣されるのは間違いない。そして、相手が獣人なら、捕縛を考えずに容赦なくその命が摘み取られる可能性が高いだろう」

グレアム様が重たい口調でおっしゃって、片手で顔を覆いました。

「武力蜂起した獣人は脅威ですからな」

身体能力が高く、魔術と似た力を行使できる獣人を相手にした場合、油断すれば人間側に大きな被害が出ます。国軍を動員して数で抑えつけ、確実に命を刈り取るだろうとバーグソン様がおっしゃいました。

……そんな！　いくら相手が武力蜂起したとはいえ、問答無用で殺してしまうなんて！

これが人間相手ならば、命を摘み取るのは最後の手段のはずです。まずは相手方を捕縛するなりして、あちらの言い分が確かめられます。裁くのはそれからです。そのための法ですもの。なのに、相手が獣人であると、言い分すら聞いてもらえないのですか？

表向きは獣人への迫害が終わっていると言われていても、その精神はまだクウィスロフト国に根強く残っているのでしょう。獣人の皆さんだって、種族が違うだけで、言葉が通じる方々ですのに。どうして、話し合おうとなさらないのですか。

わたくしが息を呑みますと、隣に座っているグレアム様がそっと手を握ってくださいます。

「しかし、なぜ急に？」

「それが、突然起こったことではないようなのです」

グレアム様が訊ねますと、ロックさんが答えながらちらりとわたくしに視線を向けました。

「奥様はクレヴァリー公爵領の状況をご存じですか？」

わたくしはゆっくりと首を横に振ります。わたくしは公爵領に行ったことがございません。なので、公爵領の事情はわからないのです。ただ、一つだけ気になることがあります。ロックさんの表情を見るに発言は許されているようですので、わたくしは口を開きました。

「あの、少しお訊きしたいのですが……。父は、その、獣人さんのことがあまり好きではなかったと言いますか、偏見を持っていたと言いますか……」

「差別的な意識を持っていた方ですね。はっきりおっしゃって大丈夫ですよ。そのような貴族は多いですから」

ロックさんが微苦笑を浮かべておっしゃいましたので、わたくしはちょっぴり申し訳なく思いつつも頷いて続けました。

「はい。その通りです。父は獣人さんたちを差別していました。王都の邸でも、獣人さんは雇っていなかったのです。その父の領地で獣人さんが蜂起したというのが不思議なのですが、その獣人さんたちは公爵領に住んでいた方たちですか？」

あの父ならば、領地から獣人たちを全員追い出してもおかしくありません。そのくらい差別や偏見を持った人なのです。

「なるほど、そこから説明が必要か」

グレアム様が困った顔をして、わたくしの頭をポンと撫でます。

「貴族の、特に高位貴族になればなるほど、獣人たちへの差別意識を持った人間は多くなる。だがな、たとえそうだからと言って、領地から獣人を追い出すことはできない。百年前に獣人たちへの迫害は終わったが、差別が続いてきたのは本当だ。しかし、確か三十年前だったか。獣人たちの住む場所を奪うことを禁止する法律ができた。そのため、たとえ領主であっても、領民である獣人を領地外へ追い出すことはできない。だからな、ここと比べるとほかの領地では獣人の数は少ないが、暮らしている獣人はいるんだ」

つまり、父が嫌がろうと、領主の独断で獣人たちの居住権を奪うことはできなかったのですね。納得です。

わたくしが頷きますと、ロックさんが続きを引き取って補足なさいます。

「ですがまあ、領地の外に追い出されはしないけれど、生活の保障まではされていませんからね。そのような差別的な意識を持っている領主のいる地での獣人の生活が、どのようなものだったたかは想像に難くありません。領地の中でも住みにくい辺鄙なところに追いやられ、まともに仕事も与えられず、しかし税だけはしっかり徴収されていたようです。抑えつけられてきた獣人たちは、どうやらかなり前から蜂起する機を窺っていたようですね」

「だが、なぜ今なのでしょう。特別な何かがあるわけではないでしょうに」

バーグソン様が顋に手を当てて首を傾げます。

グレアム様がわたくしの頭を、二度、三度撫でてから答えました。

「別に俺は不思議でもなんでもないがな。ロックもわかるだろう？　獣人は魔力に敏感だ」

「ええ。……奥様ですね」

「ああ。アレクシアがこちらへ嫁ぎ、公爵家から離れた。おそらくそれが一番大きい」

「どういうことですか？」

ロックさんとグレアム様はわかりあっているようですが、わたくしにはさっぱりわかりません。

「奥様。獣人は、魔力感知に長けています。自分よりはるかに強い魔力の持ち主……それも、本気になればお一人で反乱を起こした獣人すべてを制圧できるくらいの魔力の持ち主が公爵家にいれば、恐ろしくて蜂起などできません。勝ち目はありませんからね」

「え？　え？」

「アレクシア、お前は無自覚で、魔術の何たるかも学ばずに育ったが、魔力の量だけを見れば、俺と並ぶほどあるんだ。クレヴァリー公爵は知らなかったようだがな。公爵領の獣人たちはお前の人となりも、魔術が使えるか使えないかも知らないから、単純に感じ取れる魔力量で脅威と判断したんだ。いわば、お前が内乱のストッパーになっていたんだよ」

……わたくしが、大魔術師様であるグレアム様と並ぶだけの魔力量を持っている？　内乱のストッパー？

思わずぽかんとしてしまいますと、グレアム様が小さく笑いました。

ロックさんも苦笑して「正直、手合わせするのはご免こうむりたいです」とわたくしを見ます。

いえいえ、ロックさん。わたくしはまだ魔術の何たるかを学びはじめたばかりのひよっこ中のひよっこですよ。お尻に卵の殻までついているくらいなのです。ロックさんと手合わせしてわたくしが勝てる見込みなんて万に一つもございませんよ？

バーグソン様がぱちぱちと目をしばたたきました。

「目の色から、おそらく強い魔力をお持ちだろうとは思っていましたが、それほどでしたか」

「ああ。それは間違いない。しかも……おそらくだが、まだ増えている。成長するにつれて魔力が増える人間なんてはじめてだから断言まではできないが、もしかしたらそのうち俺の魔力量を抜くかもしれんな」

「なんと……！」

「正直言って、アレクシアの魔力量は桁違いだ。クレヴァリー公爵には魔術が使えるほどの魔力はないが、あれでも王家の血が流れているからな。先祖返りが出てもおかしくない。もしくは、母親の方が強い魔力持ちだった可能性もあるが……わかるか？」

「実のお母様のことは、公爵家で働いていたメイドだったということしか知りません。わたくしを産んですぐに亡くなったらしいですから」

「そうか。言いにくいことを言わせたな」

「いえ……」

正直、生みの母のことは、お顔どころか名前すらわからないので実感がないのです。ですので、グレアム様に謝っていただく必要はどこにもありません。

「しかしこれでわかったな。今回の内乱は、いわば公爵自身が招いたことだ。獣人を冷遇し、抑えつけていたのが悪い」

「そうは言いますが……反乱は、法律上では罪ですからな。しかも、重罪です」

「わかっている」

グレアム様が息を吐きます。

このままでは、国軍から派遣された魔術師様たちによって、反乱を起こした獣人さんたちは皆殺しにされてしまうかもしれないらしいです。

……それはあまりにも、ひどいと思います。

「ちなみに、蜂起した獣人たちは何かを要求しているのか?」

「住む場所と、公爵の管轄ではなく、自分たちだけの独立した領土を求めていますね」

「つまり、封土を与えろと、そういうことか。……まあ、彼らが言いたいことはわからんでもないが、それが認められることはないだろうな」

「一度例を作ると、各地で同じことが起こるでしょうからな」

バーグソン様が沈痛そうな顔でおっしゃいます。

「どこまで交渉ができるかわからんが、姉上にはできるだけ彼らの命を刈り取らない方向で鎮圧するようにと手紙を書いてみよう。ロック、悪いがあとで王城まで届けてくれ。それから、諜報隊はそのまま公爵領の状況の監視を」

「御意」

ロックさんが短く答えて、部下に指示を出すために執務室から退出なさいました。

グレアム様は、すっかりぬるくなった紅茶に口をつけて、ふぅと一息吐きました。

「蜂起した獣人たちが望むなら、この地へ移住してもらっても構わんのだが……、すでに内乱まで起こしているとあれば、姉上にこちらが領民権を発行すると言っても、彼らがこちらへ移り住むのは難しいかもしれんな」

「すでに、罪人ですからね……」

罪を犯した獣人をコードウェルに移住させることは、すなわちその罪を不問にするということになります。内乱を起こす前ならいざ知らず、蜂起したあとの獣人にコードウェルの領民権を発行すると、コードウェルがその内乱を是としたと見られてもおかしくありません。

ましてや女王陛下が許可したとなると、女王陛下まで法を無視して武力蜂起した側の肩を持ったとみなされます。さすがに国を担う女王陛下が、法を無視した決定は下せません。

……このままでは、どうあっても武力蜂起した獣人さんたちが罪に問われてしまいます。

内乱を起こした罪は重い。鎮圧の際に命を奪われなくて、捕縛のあとで死罪を免れても、長い服役が待っています。もしかしたら、一生涯、自由は与えられないかもしれません。

……ずっと抑えつけられていた人たちですのに、それはあまりに、酷ではないでしょうか。

わたくしは政治家でも、領主でも、当然王でもありませんから、どうしても私情をはさんで考えてしまいます。裁くのは王の役割だというのはわかっていますが、やるせないです。

せめて、命だけでも無事でありますようにと祈りながら、次の報告を待つしかないのです。

☆

ロックさんから、クレヴァリー公爵領での内乱の報告があってから三日が経ちました。

「奥様！　急いでください！」

「は、はい……！」

わたくしはというと、朝からてんやわんやの大忙しでございます。

と言いますのも、今朝、夜がまだ明ける前のことでございました。

なんと、コードウェルと国境を接しているエイデン国からの使者が訪れ、エイデン国の第三王子殿下が昼過ぎに訪問されるとおっしゃったのです。

あまりに唐突の訪問に、わたくしは驚愕しましたが、獣人たちが多く生活をしているコードウェルの人々は、それほど驚いたりしませんでした。

このようなびっくり箱のような訪問は、よくあることなのだそうです。

獣人たちは人の何倍も、何十倍も機動力がありまして、そのせいか、行動が突然で唐突である傾向にあるそうです。そして、人のように面倒くさい形式にこだわったりなさいませんので、思い立ったが吉日で行動するのです。

……人が何日もかけて馬車を使って移動しなければならないところも、獣人さんたちではあっという間ですからね。

特に、エイデン国には長距離をあっという間に移動できる「鳥車《とりしゃ》」というものがあるそうです。簡単に申しますと、鳥の獣人さんたちが馬車のようなものを引いて空を飛ぶのです。そのため、空が飛べない獣人も、あっという間にひとっ飛びでやってこられます。すごいですよね。

エイデン国の王族は、白虎《びゃっこ》の獣人さんの一族だそうです。

そのため空を飛べない第三王子殿下は、鳥車でいらっしゃいます。

第三王子殿下がいらっしゃるまでに支度を整えなければならないわたくしは、もう、大慌てでございます。

グレアム様はそんなに気を張らなくてもいつも通りでいいとおっしゃいましたが、メロディが目を血走らせて却下しました。「男と違って女はいろいろ大変なのです‼」と叱りつけられたグレアム様は閉口し、それ以上口がはさめなくなってしまいましたので、わたくしの支度はすべてメロディ主導で行われることとなりました。

外部から人が来るから、一日中わたくしに張り付いているようにとグレアム様から指示が出された護衛役のオルグさんが、室内の慌てぶりに、扉の外で笑っている声が聞こえます。

朝からお風呂に入って、丁寧に髪を洗われたあとで、香油を使って全身をマッサージされ、マーシアがこんなときもあろうかとわたくしのために仕立ててくださっていた豪華なドレスに着替えます。グレアム様の髪の色に合わせて、銀糸で緻密な刺繍が施されているドレスです。

わたくしの金色の髪はコテでくるくると巻かれて、瞳の色に合わせた赤紫色の宝石の髪飾りでまとめられました。ロードライトガーネットという宝石なのだそうです。

普段はあまりお化粧もしませんが、今日は念入りにおしろいをはたかれて、目元にも口元にも色を入れることになりました。

すべての支度を終えたときには、昼前になっていました。

エイデン国の第三王子殿下は昼過ぎにいらっしゃるとのことですので、グレアム様とわたくしは先に昼食を摂ることにいたします。

「……すごいな」

グレアム様は着飾ったわたくしを見て、ぽつりと一言おっしゃいました。

はい、すごいのです。わたくしも鏡を見てびっくりしました。どこのお姫様かと思うような、豪華な仕上がりです。

「お美しいでしょう?」

ふふん、とメロディが笑いました。

「あ、ああ……まあ、そう、だな」

歯切れ悪くお答えになったグレアム様の顔が赤くなります。

メロディ、グレアム様がお困りのようです。

　わたくしも鏡を見たときに、確かに普段の自分と比べて綺麗かもしれないと感動しましたが、それはあくまでわたくしの主観であり、わたくしよりお美しいグレアム様からしたらたいしたことないはずです。ほめ言葉を強要してはいけません。

　先ぶれを持ってこられたエイデン国の使者様は、お部屋でお食事をお摂りになったそうで、ダイニングで昼食を摂るのはわたくしとグレアム様の二人だけです。

　バーグソン様も、元領主様ですので、エイデン国の第三王子殿下の到着に合わせてこちらへいらっしゃることになっていますが、まだお着きではありません。

「グレアム様、エイデン国の第三王子殿下は白虎の獣人さんだとはお聞きしましたが、どのような方なのでしょう？」

「ん？　ああ、そうだな……」

　ここはエイデン国と陸続きですので、かの国からたまに来訪があるそうです。特に今は、エイデン国で少々きな臭い動きがありますので、戦争に発展しないよう、仲良くしておくことも大事なお仕事なのだとか。

「名前はエイブラム殿下で、年が俺より二つ下だから二十四だな。あとはその……少々変わっているというか、うん、変な王子だ」

「変、ですか……？」

「ああ。いろいろとな。そのうちわかる。……あとは、大丈夫だとは思うが、オルグ」

　と、背後に控えていたオルグさんに意味ありげな視線を送られます。

「わかっています。そのときは身を挺して守りますので」

「と言いつつ楽しそうな顔をするな。いいか、前みたいに壁を破壊するなよ？」

「あはは、前はちょっと、やりすぎましたね」

わたくしの背後で護衛してくださっているオルグさんが、頭をかいて笑います。

「ちょっとじゃありませんよ。まったく……」

デイヴさんが「はー」と疲れたような顔で息を吐きました。

……壁を破壊？　やりすぎた？　いったいなんのことでしょう。

わたくしの頭の中で「？」が大量発生いたしますが、どなたも詳しい説明をしてくださいません。

グレアム様は「そのうちわかる」とおっしゃいますし、お会いして直接見ないとわからない問題なのでしょうか。

「それにしても、このタイミングってことは、十中八九クレヴァリー公爵領の内乱の件ですかね？　あ、奥様そのソーセージ美味そう。一個ください」

「こらオルグ！　奥様のお食事を取ってはいけません！」

デイヴさんが叱りましたが、わたくしがすでにオルグさんにお皿を差し出したあとでした。

オルグさんが素早くソーセージを一つつまみ上げて口の中に放り込みます。

デイヴさんが額に手を当てました。

「奥様、オルグを甘やかしてはいけません。こいつはすぐに調子に乗りますから。旦那様もですよ。旦那様が普段からあまり気になさらないから……」

「堅苦しいのは好きじゃない。ああ、それで、内乱か……。そうだな、おそらくその件で何か言いたいことがあるのだろう。デイヴ、ロックに現状を聞いてまとめておいてくれ。報告が必要になるかもしれん」

「わかりました。……オルグ、もうそれ以上奥様のお食事を取ってはいけませんよ。メロディ、見張っておきなさい」

「もちろんよお父さん。次に同じことをしたら拳をお見舞いするわ」

「……それもそれでどうかと思いますが、オルグはそのくらいしないとわからないかもしれませんね」

デイヴさんがメロディにあとを頼んで、報告書作成のためにダイニングから出ていきます。

オルグさんはどこ吹く風です。けろっとした顔で「じゃあ残ったらください」と言っています。

今日の昼食はわたくしには少し多いくらいですので、おそらく残ると思いますが、オルグさんはわたくしの食べ残しでいいのでしょうか？

「オルグ、アレクシアの食事を狙うな。キッチンに行って料理長に何か作ってもらえばいいだろう？」

「頼みすぎて、作ってくれなくなったんですよ」

「……今日は特別俺が許可したと言っておけ。おそらく夜中も警護につくことになるだろうからな、特別手当のようなものだ」

「やりぃ！」

オルグさんがにやりと笑います。

メロディが「またそうやって甘やかす」と嘆息しましたが、わたくしは、こういう和気あいあいとした雰囲気はにぎやかで好きです。

エイデン国の第三王子殿下がいらっしゃると聞いて、朝からずっと緊張していましたが、この雰囲気のおかげか、少しだけ肩の力が抜けました。

……エイブラム殿下。どんな方なのでしょう？


「いよぅ！　元気だったかグレアム！」

そろそろご到着と聞いて玄関ホールでエイブラム殿下の訪れを待っていましたところ、そんな掛け声とともに玄関扉がバターン‼　と激しく蹴破られました。

目を白黒させるわたくしをよそに、蹴破った扉から弾丸のように突っ込んでいらっしゃったのは、がっちりとした背の高い体躯の男性でした。

彼はそのままグレアム様の前まで走っていき、大きく拳を振りかぶります。

「きゃああ‼」

わたくしは思わず悲鳴を上げました。

なぜなら、男性がグレアム様に殴りかかったのです。

しかしグレアム様は平然とした顔で、その重そうな拳を手のひらでパシッと受け止められました。

……何が、どうなっているのでしょう？

目を丸くして、おろおろとバーグソン様を見ますと、疲れた顔で首を横に振っていらっしゃいました。

「毎回そんな挨拶をするのはどうかと思いますがね、エイブラム殿下……」

挨拶⁉　これが挨拶だったのですか⁉

というか、この方がエイブラム殿下なのですか⁉

グレアム様に拳を受け止められてにやにや笑っていらっしゃる方の髪は白い色をしていました。生え際だけが黒いです。そして瞳はグレアム様のような金色。身長は、グレアム様より少し高いでしょうか。グレアム様もとても背がお高いので、それほど差異はないように見えますが。

「よう、じーさんも元気だったか？　で……？」

ぐりん、とエイブラム殿下がわたくしの方を振り返りました。

にっと口端が持ち上がります。

反射的にびくりと体を震わせたわたくしの前に、オルグさんが回り込みました。

「久しぶりだな、オルグ！」

予想通りといいますかなんと言いますか。

エイブラム殿下がオルグさんに殴りかかりました。

オルグさんはオルグさんで、これまた平然とその拳を素手で受け止めていらっしゃいます。

殴りかかるのがご挨拶らしいので、この流れからして、次はわたくしでしょうか。わたくし、オルグさんのように華麗に拳を受け止めることができるでしょうか。不安です。どうしましょう。

びくびくしておりますと、エイブラム様がぷはっと笑い出しました。

「あー、悪い悪い。メロディはともかく、嬢ちゃんには殴りかからねえよ。吹っ飛びそうだからな」

「……それはどういう意味でしょうか」

わたくしのそばにいたメロディが、なかなかドスのきいた声を発してにっこりと微笑みました。笑顔が黒いです。怖いです。

「わたしもか弱い女ですが」

「俺の拳を平然と受け止める女がか弱いわけねえだろ」

メロディのこめかみがぴきっとなりました。

けれどもエイブラム殿下はけろりとしていらっしゃいます。

「んで、この新顔の嬢ちゃんは？」

エイブラム殿下がグレアム様を振り返りました。

グレアム様がごほんと一つ咳ばらいをします。

「彼女はその、お、お、俺のつっ、妻の、アレクシアだ」

「……なんでそんな噛むんだよ」

「うるさい！」

グレアム様の顔が少し赤いです。

……でも、「妻」とご紹介いただけました。形式上の妻で、実態は伴っておりませんが、妻と呼んでいただけて嬉しいです。

「ふぅん。この嬢ちゃんが噂のお前の嫁かー」

エイブラム殿下がわたくしの顔を見て、ちょっとだけ残念そうになりました。

どうやらエイブラム殿下は、グレアム様が王命で結婚したことをご存じだったようです。エイデン国にもロックさんたちのような諜報部隊がいらっしゃるのでしょう。

「いい魔力持ってるからフリーなら嫁にもらおうと思ったのに、お前のだったのか。残念だな。でもまあ、こいつに飽きたらいつでも俺んとこに来ていいからなー」

「え？」

「殿下はすでに嫁が三人もいるだろうが！」

……びっ、びっくりしましたが、ご冗談ですよね？

エイデン国は一夫多妻制だそうです。獣人の女性は強い男性に惹かれる傾向にあるので、強い男性はとてもおもてになるそうです。つまり、エイブラム様はお強いのでしょう。

エイデン国は獣人の国王陛下が治めている国ですが、人間も住んでいます。というか、獣人と人間の垣根がないのです。

そのため、クウィスロフト国ではあまり例はありませんが、エイデン国では獣人と人間の結婚も珍しいことではありません。

獣人と人間の間に生まれる子は、七割が獣人の特徴を、三割が人間の特徴を持っているそうです。ただ、血が混ざっていますので、普通の獣人や人間とは少し違うところがあるそうですが、その違いも人によってまちまちで、一概にこうなるという法則はないようです。

「嫁がたくさんいた方がにぎやかでいーじゃねーか。でもま、奪い取るのは性に合わねえから無理強いはしねえよ？　つーか、喉渇いたから茶ぁくれや。冷たいのがいいな。んで、親父からの伝言も預かってきてるから、そこんとこよろしく。ああ、嬢ちゃん……アレクシアだっけ？　あんたも同席してくれよ。内容的に、アレクシアも聞いた方がいいだろう」

まるで、ちょっと友人宅に遊びに来たような雰囲気です。

普通、王族の訪問というのはとても格式ばったものになるはずですのにね。

形式にこだわるこの国の貴族と全然違って、とっても自由な感じがします。

「わかった。応接間でいいだろう？　デイヴ、メロディ、飲み物を頼む」

「なんか甘いものもなー。腹減ったから、がっつりよろしく」

エイブラム殿下……本当に自由ですね。

メロディのこめかみが再びぴきっとなりましたが、どうやら毎度のことのようで、仕方なさそうに頷きました。

ええっと、うん、メロディ、よくわかりませんがファイトです‼

エイブラム殿下がなんと言いますか、この通り自由人ですので、グレアム様も形式に一切こだわらず、自ら応接間に殿下をご案内されました。

コードウェルのお城には応接間が複数ございますが、中でも一番広くて豪華な二階の応接間にご案内です。わたくしがここに来たときに使った応接間とは違って、触れるのも恐ろしくなるような高価な調度品にあふれています。

……ローテーブルに使われている装飾ですが、あれ、本物の金や宝石ですよね。ソファもふかふかですし、アンティークの棚には高そうな飾り物がたくさん並んでいます。

デイヴとメロディが運んできたお茶やお菓子も、いつもとは違う食器が使われていました。ティーカップもお皿もとにかく高価そうです。……わ、割ってしまったらどうしましょう。

「おー、サンキュー」

エイブラム殿下は、さすが王子殿下だけあって、高そうな調度品にも食器にも頓着なさいませ
ん。触れるだけで割れそうな繊細なグラスをわしっとつかんで、ぐびぐびと豪快にアイスティーを呷りました。

「お代わり！」

「……ここは茶屋じゃないんですけど？」

メロディがじろりとエイブラム殿下を睨んでから、グラスにお代わりを注ぎました。お代わりを要求されることがわかっていたのか、ピッチャーでアイスティーを用意しているあたり、メロ

ディはできるメイドです。

わたくしとグレアム様、バーグソン様の前には、温かい紅茶が出されました。

ここは寒い地域ですからね。わたくしやグレアム様は、普段はあまり冷たいものを飲みません。しかし、獣人の中にはとても暑がりな方もいて、どうやらエイブラム殿下もそうみたいです。オルグさんあたりもそうですね。あの方も冷たい飲み物が大好きです。

「それで、殿下。急に来るのは毎度のことなので別にいいとして、用件は？」

……急に来られるのはいいんですね。グレアム様、お心が広いです。

普通、他国の王族が唐突に訪問してきたら困ると思うんです。お迎えの準備をする時間が取れませんから。でも、お二人にとってはこれは普通なのでしょうね。

グレアム様も王弟ですので、もちろん王子の称号をお持ちです。王子同士、仲がいいのでしょうか。他国の賓客の相手をしているというよりは、遊びに来た悪友を適当にあしらっている感じがします。

エイブラム様はスコーンにたっぷりのクリームを塗って、一口（大きいのに一口！）で口の中に押し込みますと、お代わりのアイスティーを飲みながら答えました。

「ああ、そうそう。まずは親父からの伝言をそのまま伝えるわー。『そちらで起こっている内乱騒ぎについて、エイブラムをつかわす故、よろしく頼む』だってさー」

「それだけか⁉」

「こんだけ言えばわかんだろって親父が」

すみません、わたくしにはさっぱりわかりませんでした。

しかしグレアム様にはエイデン国の国王陛下の意図が伝わった様子で、がしがしと頭をかいていらっしゃいます。

「……南に住んでいる獣人から、そちらに連絡が入ったわけか」

「そーそー。助力を乞われたんだけどさー、さすがに他国の内乱には加担できないじゃん？　そんなことすりゃあ、うちとそっちで戦争になっちまうし。だからうまい具合に仲裁してこいって親父に丸投げされてよー。うちの親父も人使い荒いよなー」

エイブラム様とグレアム様のお話を聞きながら、わたくしはバーグソン様に視線を向けました。

すると、わたくしの困惑具合に気付いたバーグソン様が小声で説明くださいます。

つまり、クレヴァリー公爵領で武力蜂起した獣人が、エイデン国に使いを送って、自分たちに手を貸してほしいと嘆願したようです。

獣人といえど、本来であれば他国の国民なのでエイデン国の管轄外になります。しかしエイデン国は獣人の国ですし、現在のエイデン国の国王陛下は獣人の保護に動かれていらっしゃるので、他国の獣人から連絡が入ることがあります。

といいますのも、過去にクウィスロフト国で獣人に対する迫害があったように、よそでも似た事例が発生することがあるのです。

人より優れた身体能力を持つ獣人に対して、人は恐れや劣等感を抱きやすい。

そうした背景から、人は獣人たちを管理し、抑えつけようとする傾向があります。

クウィスロフト国のように迫害するまでに至らなくとも、多少なりとも差別的な意識が生まれることは珍しくないそうです。

もともと獣人は人と比べて数が少ないですが、他国にいる獣人は、そういった人間側の差別的な意識により、少しずつ数が減っているのだとか。

理由は……考えたくないところですね。

そのため、エイデン国の国王は、他国の問題というのは承知しつつも、獣人と人との間になんらかのトラブルが発生したとわかった場合、介入することがあります。

今回の内乱は小規模ですが、内乱を起こした獣人の嘆願を受けて、エイデン国王は介入することにしたそうです。もともとクウィスロフト国は獣人に対して当たりが強い傾向にあるので、それも理由ではあるのでしょう。

そして、その介入に、第三王子エイブラム様が派遣されたということらしいです。

「スカーレット女王に連絡してほしいんだけどさ、その前に、今どんな状況よ？　うちでも偵察部隊をやったにはやったが、まだ詳細まではつかめてないんだよなー」

そのとき、デイヴさんが紙の束を持って応接間に入ってきました。

心得ているとばかりにグレアム様に向かって一つ頷いてから、クレヴァリー公爵領の内乱の報告をはじめます。

「武力蜂起した獣人は、南の国境近くの村に砦を築き、そこを拠点としている模様です。もともとこの村は獣人たちが暮らしていたところのようですね。今のところ双方死者は出ておらず、公爵軍の方に多少の負傷者が出たくらいで留まっていますが、獣人が拠点としている村の周囲を公爵軍が固めています。また、昨日の昼、クレヴァリー公爵より女王陛下に国軍の派遣要請が出されました。まだ受理はされていないようですが、こちらは時間の問題でしょう」

「王都からクレヴァリー公爵領まで馬で駆けてどのくらいだ？」

「馬で向かった場合は二週間足らずでしょうな。馬車を使っても、急げば三週間ほどかと」

「あー……じゃあ、三週間くらいで内乱は制圧されそうだな。国軍が動けばさすがに人数差が大きすぎるし、魔術師が派遣されたらなおのこと分が悪い。お前ほどじゃなくても、クウィスロフトの魔術師団にも何人か強いのがいたもんな。……なあグレアム」

「姉には殿下が仲裁に来られたと急ぎ連絡を入れさせるが、蜂起までしたんだ、さすがになかったことにはできんだろう。魔術師団にツテはあるが、いくら俺が言ったところで、女王の命令が下ればそちらが優先される」

「だよなー。どーすっかなぁ……。あいつらの要望は封土だろ。小さくても土地が与えられれば満足するんじゃん？」

「だが、国の立場上、蜂起した武力集団の要求だけ飲むわけにはいかない」

「まあなあ。そんなことすりゃあ他がつけあがるわなぁ。他んとこでも、同じように自分たちに封土をよこせって騒ぎが起きるだろうよ。……だがよー」

「わかっている。……クレヴァリー公爵側にも充分に非がある。調べさせたところ、クレヴァリー公爵領での獣人の扱いはひどいものだった」

「そこがわかってんならいーんだよ。でもよー、それで交渉できるのか？」

「姉に対する交渉は可能だろうが、これだけで封土を渡すのは無理だ。気に入らなければ武力行使に出ればいいと、獣人たちに周知するも同然になる」

「んじゃさー、古典的でわかりやすい方法を取るっきゃないわよな」

古典的で、わかりやすい方法？

わたくしが首を傾げますと、グレアム様は嫌な顔をしました。

「アレクシアはすでに俺に嫁いでいる」

「もう一人残ってんだろ」

「あれは一応、公爵家の跡取り娘だぞ」

「んなもん、公爵家ともなれば親戚なんてわんさかいるだろうよ」

「……お互いが、嫌がると思うぞ」

「貴族なんだから、好き嫌いは二の次だよなあ？　獣人の方は俺がまあ説得するし？」

「…………………まあ、周囲を一番納得させやすい方法なのは確かだが」

「だろ？」

……ええっと、なんのお話をしているのでしょう？

エイブラム殿下はにやにや笑っていらっしゃいますが、グレアム様は眉間にしわを刻んでいますし、バーグソン様はこめかみを押さえて頭痛を我慢するような顔になっています。

デイヴさんは額を押さえて天井を仰ぎました。

わたくしが首をひねりつつエイブラム殿下に視線を向けますと、殿下は笑いながらぱちりと指を鳴らしました。

「つーことで、クレヴァリー公爵んとこの娘と、内乱起こした獣人の代表を結婚させて、小さな封土を与える方向でよろしく！」

え？

結婚？

クレヴァリー公爵のところの娘はわたくしと異母姉しかおりません。

わたくしは王命でグレアム様に嫁いでおりますから、つまるところ――異母姉と？

……えええええええ!?

六 内乱の仲裁と婚姻

そうと決まれば吉日とばかりに、翌日、エイブラム殿下は十数人の部下と、それからグレアム様とともに王都に向かって旅立ちました。

鳥車を使うので、王都までも一日足らずで到着するそうです。鳥車、速いです。

お留守番のわたくしは、一日経った今でも茫然としておりました。

だって、あの異母姉が、獣人さんと結婚ですよ？

絶対大騒ぎをすると思うのです。

異母姉も父と同じように、獣人に偏見を持っていますから、素直に受け入れるとは思えません。

しかも、もともと婿を取って大きな公爵領を継ぐ予定だった異母姉です。その未来を摘み取られて、小さな封土を治める獣人さんの妻になるのです。

わたくしがまだクレヴァリー公爵家におりましたら、癇癪を起こした異母姉の八つ当たりで、傷だらけになっていたかもしれません。

想像するだけでゾッとしたわたくしは、思わず二の腕をさすりました。

異母姉と蜂起した獣人の代表の方との婚姻は、双方が和解に応じたと見せるには一番わかりやすくていい方法だと言うのです。

封土にしてもそう。本来、内乱騒ぎを起こして封土が与えられることはありませんが、その領地の娘が嫁ぐことで、一定の理解を求めることが可能となります。

これ以外に、双方に被害を出さずに、また、エイデン国を納得させる解決策がございませんでしたので、仕方がないことだとはわかるのですけど……。

「大丈夫でしょうか……」

メロディとともに午後のティータイムを過ごしていたわたくしは、窓の外に視線を向けます。

今日の空は、重たく曇っております。

はらはらと粉雪も舞っております。

グレアム様たちは午前中に出発なさったので、いくら空に目を凝らそうとも、その姿を見つけられるはずもありません。今頃王都の近くを飛んでいらっしゃるか、すでに到着なさっているころでしょう。

「大丈夫でしょう。いくら公爵令嬢でも王命には逆らえません」

わたくしのつぶやきに、メロディがにこりと微笑んで答えました。

スカーレット女王陛下も、できれば無血で内乱を終結したいとお望みだろうとグレアム様がおっしゃいました。

ですので、エイブラム殿下の提案を飲まれる形で調整が進められるだろう、と。

……獣人さんはお強いので、異母姉の癇癪も平気でしょうけど、結婚生活は順風満帆とはいかないと思います。

「用意する封土は公爵領の一部なんですよね？」

「そうなるのではないでしょうか？」

つまり、実質的に領地の一部が没収されるのです。これは父も大騒ぎをしそうですね。

「封土ということは、姉と婚姻を結ぶ方が新しい領主様になるのですよね？」

「ええ。爵位も新しく作られるのではないですか？　公爵令嬢が嫁ぐので、最低でも子爵あたりは与えられると思いますよ」

「ということは、この国ではじめての獣人さんの子爵様ですね」

「ああ、確かにそうなりますね」

クウィスロフト国は長きにわたり獣人を迫害しておりましたから、獣人で爵位を持っている方はいらっしゃいません。

つまり、はじめての獣人の貴族です。

「姉のことがありますので少々不安は残りますが、獣人さんたちが暮らしやすい領地になりそうです」

獣人が治める領地。コードウェルのように、獣人たちが楽しそうに暮らせる場所になればいいなと思います。

☆

「放しなさいよ！　嫌だって言ってるでしょ‼　無礼者‼　汚らわしい手で触らないで‼　ちょ、重たい！　なんで上に座るのよ‼」

キャンキャンと甲高い声で叫ぶ女に、グレアムはうんざりしていた。

(しっかしまあ、語彙力の少ない女だな。かれこれ一時間も同じようなことしか言わん。……というか叫び続けていて喉が嗄《か》れないのか?)

鳥車の中、グレアムの足元。

そこには、縄でぐるぐる巻きにされた一人の女が転がされて、芋虫のようにもぞもぞと動いていた。

その上に、エイブラムが当たり前のように腰かけて、もぐもぐと菓子を食べている。

ぐるぐる巻きにされてエイブラムの椅子にされている女の名は、ダリーン。アレクシアの異母姉である。

こうしてみれば、アレクシアと似ている部分がないわけではない。

アレクシアよりも濃い金髪に碧い瞳。ほっそりとしているアレクシアと比べて、全体的に少し丸い。吊り上がり気味の眉に、若干左右がゆがんでいる唇。

(アレクシアの方が百倍は美人だが、鼻の形は少し似ている)

しかし、少し似たところがあると言っても、アレクシアを虐待していた女だ。これっぽっちも愛着は湧かない。

もっと言えば、さっきからさんざんがなり立てていて、品性の欠片もないし、キャンキャンと頭に響く甲高い声にそろそろ殺意すら覚えそうだ。

(だいたい無礼者ってなんだ。無礼なのはそっちだろうが)

エイデン国の第三王子エイブラムと、この国の王弟であるグレアムに向かって「無礼者」「汚らわしい」などと、ただの公爵令嬢がよくも言えたものだ。

公爵家のくせに、娘の教育一つろくにできないらしい。

(だから芋虫にされるんだ。……ふ、いい気味だがな)

グレアムたちは今、女王との話し合いを終えてクレヴァリー公爵領へ向かっている。

本当は、ダリーンを連れてくるつもりはなかったのだが、連れていった方が話が早いだろうとエイブラムが言い出し、急遽一緒に連れていくことにしたのだ。

遡ること一時間ほど前、グレアム一行が王都にあるクレヴァリー公爵家のタウンハウスに向かうなり、ダリーンは「金目‼」と悲鳴を上げて、汚らわしいだのなんだのと騒ぎ出した。

グレアムたちがまだ名乗る前とはいえ、他国の王子と自国の王弟に対してのあまりに無礼な対応にエイブラムがキレたのは当然の結果と言える。

エイブラムは、王子とは思えないほど気さくな性格をしているし、あまり形式にもこだわらない自由な男だ。仲良くなれば多少の無礼にも目をつむる寛大さも持ち合わせている。だが、だからと言って、初対面で愚弄されて黙っているほど温厚ではない。

部下に命じて問答無用でダリーンを縄で縛り上げると、騒ぎ出した彼女の母親もついでとばかりに部下に命じて取り押さえさせた。

その間にグレアムは青い顔をしているクレヴァリー公爵に、ダリーンをこのまま領地へ連れていくと説明した。しかしすでに王命を聞かされていた公爵は蒼白だったが何も言わなかった。

クレヴァリー公爵は、良くも悪くも貴族らしい男だ。

アレクシアと異なり、ダリーンのことはそれなりに可愛がっていたようだが、王命に逆らってまで娘をかばう気はないようだった。そんなことをすれば、公爵家に損害が出ることがわかっているからだ。むしろこの王命に従っていた方が利益が大きいのである。

スカーレットはさすがというか、計算高いというか、少しとはいえ領地を没収されるクレヴァリー公爵を納得させる策をすぐさま考えた。

アレクシアに続き、ダリーンまで王命で嫁がせるのである。この男がアレクシアをどのように扱っていたのか知っているグレアムにしては面白くないが、建前上はその功績に対する褒美が必要だ。

スカーレットは、王家預かりになっている複数の領地のうち、王都に近いところにある小領地をクレヴァリー公爵に与えることにしたのである。

こちらはもともと、とある伯爵が治めていた領地だが、四十年ほど前に罪を犯して爵位を剝奪され、領地は王家に没収されていた。

クレヴァリー公爵家は、公爵家らしく複数の爵位を持ち、ほかに伯爵と子爵の名も持っていたが、さらに追加でもう一つ伯爵の名が与えられるのである。

（与えたところで、跡継ぎはもういないからな。姉上のことだ、適当なところで公爵の親類から

扱いやすいものを据えるつもりだろうが、目先の褒美としては充分すぎるだろう）

スカーレットもずるがしこいことをするものだが、これにより、クレヴァリー公爵はこちらの手の内だ。内乱についても、ダリーンの婚姻についても、彼はもう何の口出しもしないだろう。

『おーい、この女を俺に対する不敬罪でしょっぴいてくれー』

エイブラムに対してさんざん「金目！」だの「汚らわしい獣人！」だの騒いでいた公爵夫人に容赦なく猿轡《さるぐつわ》をかませて、娘と同じく縛り上げると、エイブラムがその体を床に転がし蹴飛ばした。どうやら公爵夫人の暴言の数々に我慢できなくなったらしい。

縛られて手も足も動かせない公爵夫人は、ごろんごろんと玄関ホールを転がって声にならない悲鳴を上げる。

クレヴァリー公爵はさらに青ざめたが、さっと自分の妻から視線をそらした。

（この男はあれだな、どこまでも情のない人間のようだ）

自分に火の粉が降りかからないよう、娘同様に妻も切り捨てるつもりだろう。

助けてくれない夫に転がされた公爵夫人が目を見開く。

どうやらこの公爵夫人は、グレアムが王弟で、エイブラムが王子であることを知らないようだ。

だが、いちいち名乗ってやるのも面倒くさいし、知らないという理由で無礼が許されるはずもないのである。

『おい。夫人の方は姉上のもとに運んでおけ。娘の方はこのまま連れていく』

グレアムが命じると、コードウェルからついてきていたロックが、荷物のように公爵夫人を抱え上げた。

悲鳴を上げて何やら騒ぎ出したが、猿轡をされているので「んー！」というくぐもった声にしかならない。

ダリーンはぎゃんぎゃん騒ぎ立てたが、なすすべなく鳥車に連行されて床に転がされた。

ダリーンは嫁がせるという使い道があるから連れていくが、夫人の方はどうなることか。

エイデン国の第三王子に対する不敬罪だから投獄されるのは間違いない。クレヴァリー公爵は連帯責任を問われる前に夫人と縁を切るだろう。ロックの調べではもともとどこかの伯爵令嬢だったらしいが、生家も、他国の王族に対する不敬罪を働いた娘をかばいはしないはずだ。

（五年は投獄だろうな。……殿下が大げさに騒げばもっと延びるだろうが。罰が終わり、出られたとしても、まともには生きていけまい）

だが、グレアムに情けをかけるつもりはさらさらない。

この女が自分やエイブラムに対して不敬を働いたのは間違いないし、何より、ずっとアレクシアを虐待していたのだ。それだけで万死に値すると、グレアムは思う。

『放しなさいよ、汚らわしい‼』

『うっせーよ！　いーかげん黙れ！』

鳥車に押し込められてもぎゃんぎゃん騒いでいるダリーンの背中を、エイブラムが容赦なく踏みつけた。

「力加減を考えないと、背骨が折れて死ぬぞ」

グレアムは端的に事実だけを告げるような無感動な声で言って、エイブラムを追って鳥車へ向かった。

鳥車なので数時間もあれば公爵領に到着するとはいえ、数時間もこのやかましい女と同じ鳥車に乗るのかと思うとグレアムは憂鬱だった。


「おら、ついたぞ」

クレヴァリー公爵領の、獣人たちが拠点としている村の前で鳥車を停めると、エイブラムが縄の端を持って引きずるようにしてダリーンを外に投げた。

「きゃあ！」

ドサリという音と、騒ぎ通しで少しかすれたダリーンの悲鳴が上がる。

（どうでもいいが、この女にも猿轡をかませていれば静かだったんじゃないか？）

ぎゃんぎゃん騒ぎ立てていたダリーンの甲高い声が耳の奥に残っているようで頭が痛い。

こちらには、事前にエイブラムの部下が状況を伝えに向かっていたので、すでに今回の決定は伝わっているだろう。

嫁がせる女がダリーンなので、ここの獣人たちはさぞ憂鬱だろうが、クレヴァリー公爵家の娘と伝えてあったのである程度の予想はついているはずだ。

（これがアレクシアだったら穏やかに生活できただろうが……アレクシアは俺のだからな）

嫁いできたとはいえ、グレアムが最初の発言を間違えてしまったがために、夫婦らしい関係ではないが、グレアムはもうアレクシアを手放すつもりはないのだ。

もし、この先もずっと本当の夫婦になれなくとも、ずっとコードウェルにいてもらうつもりなのである。

突貫で作った割には頑丈そうな砦の中から、赤茶色の髪をした背の高い男が、二人の部下を伴って現れた。グレアムやエイブラムよりも長身だ。だが、エイブラムのようにがっちりした体躯と言うよりは、しなやかな感じがした。

彼が内乱を起こした獣人たちを率いている男なのだろう。ロックによると、名前をブルーノといったはずだ。光の加減で金色にも見える琥珀色の瞳をしている。魔力量はロックやオルグには劣るが、そこそこといったところか。

ダリーンは芋虫状態で転がされたままブルーノを見上げて、ひっと声を上げた。

「金目！　いやっ、こっちに来ないで‼」

ダリーンはこの男が自分の夫になる男だと本能的に察知したのだろう。

ずりずりと、本当に芋虫が移動するように身をくねらせながら後ずさりするダリーンに、エイブラムがぷっと吹き出した。

（やめろ。面白いのは認めるが、移る……）

エイブラムが笑い出したため、部下たちにも伝染して、彼らも肩を震わせている。

対してブルーノは困惑顔だ。

それはそうだろう。一応嫁になる予定の女が、縄でぐるぐる巻きにされて連れてこられたのである。罪人でももっとましな扱いがされる。

「よーぅ、お前が親父に連絡をくれたブルーノだろ？　嫁連れてきたぜ、嫁！」

けたけた笑いながらエイブラムが軽く手を振れば、一陣の鋭い風が起こる。

それはダリーンを縛り上げている縄をぶった切り——ついでにその下のドレスまで半分くらい引き裂いた。

「きゃあああああ‼」

さっきとは違う意味での悲鳴が上がる。

引き裂かれたドレスから、ふるんと大きな二つの胸が飛び出して、ダリーンが真っ赤に顔を染めながら胸を押さえた。

正直、そこを押さえても他も結構丸見えだ。えげつないことをするものだとグレアムがエイブラムを睨めば、彼は頭をがしがしかきながら「あ、やりすぎた」とぼやいていた。力加減を間違えたようだ。勘弁してくれ。

「あー……ほ、ほらよかったなブルーノ！　この女、乳でかいぞ！」

「言うことはそれだけか？」

グレアムがあきれ顔を浮かべると、エイブラムがちょっぴり口をとがらせる。

「そうは言うが重要なことだろ！　一番は魔力のでかさだが、二番目と三番目に大事なのは乳と尻の大きさだ‼」

それはあくまでエイブラムの好みであって、世の中の男全員の好みではない。

(まあ、この女には魔力はほとんどないからな、殿下は殿下なりにブルーノを励まそうとしたのかもしれないが……ほら見ろ、困ってるじゃないか)

ブルーノは凍り付いたように直立不動になっている。

仕方がないので、役に立ちそうもないエイブラムに代わり、グレアムがブルーノに向き直った。

「正直、思うところはあるだろう。だが、国軍の武力制圧を阻止しようと思えばこの手しかなかった。この女が気に入るかどうかは……あー、気に入らないだろうが、この女と引き換えに封土が与えられるんだ、我慢してくれ。だいたい、お前たちもやり方が悪かったんだから、痛み分けってところだ」

武力蜂起を起こす前にエイデン国に相談の連絡を入れていれば、もっと別の方法が取れたかもしれない。

だが、先に蜂起してクレヴァリー公爵に対して戦争を起こしてしまったのだから、それはブルーノ側にも非があるのである。気に入らなくとも受け入れてもらうしかない。望みの封土が与えられるのだから、結果だけ見ればそれほど悪くないはずだ。たぶん。

ブルーノはハッとしたように、その場に膝をついた。

「失礼いたしました、グレアム殿下。それからエイブラム殿下。この度は寛大な処置をありがとうございます。むろん、俺たちはこの決定を受け入れます」

「……え？　殿下？」

丸く収まりそうだったのに、背後から素っ頓狂な声がした。

振り返ると、半裸のダリーンが目を丸く見開いている。

どうやら、グレアムとエイブラムが王子であると、ここにきてようやく気が付いたようだ。

あれほど金目だ、汚らわしいと喚き散らしたというのに、表情を一変させて食い入るようにグレアムを見ている。

「ってことは、アレクシアの……」

「そうだが、それが何か？」

ダリーンと会話する気にはなれないが無視するわけにもいかない。多少なりとも「それなり」の扱いをしておかないと、ダリーンを渡されたブルーノが困惑するだろうし。

エイブラムがすでに充分すぎるほどゴミのような扱いをしたあとなので、今更感も否めないが。

「わ、わたくし！　アレクシアの姉です‼」

「そんなことは知っているが？」

アレクシアの異母姉と認めるのは癪だが血のつながりがあるのは事実だ。

だが、それがなんだというのだろう。

訝しげに眉を寄せたグレアムを、ダリーンが縋りつくように見上げた。

「殿下！　わたくしはアレクシアの姉です！　殿下とは家族のはずです！　殿下からも陛下におっしゃってください！　獣人に嫁げなど……あんまりでございます‼」

（夫になる予定の獣人を前にそれを言うのか。しかもエイブラム殿下までいるのに。……この女、見た目どおり頭が弱いのか？）

いろいろ言いたいことはある。

まず、グレアムはダリーンを家族だと思っていないし、彼女をブルーノに嫁がせる案は、もともとはエイブラムとグレアムがスカーレットに奏上した。

助けを求める相手を間違っているし、もっと言えば、女王の命令に逆らってダリーンを助けたいと望む人間がいるだろうか。

ダリーンの父親であるクレヴァリー公爵ですら、自身の保身と利益のために娘を見捨てたというのに。

しかしそれをいちいち言って聞かせるのは面倒くさかった。この女と必要以上に口を利く気にもなれない。

ということで、ダリーンの主張は綺麗さっぱり無視することにする。

「ブルーノ。とりあえず、名目上は嫁として受け取っておいて、なんなら邸の地下にでも転がしておいて構わない。好きに扱え」

グレアムは優しい人間ではないし、フェミニストでもない。

アレクシアをさんざん虐待し、グレアムやエイブラムに不敬を働いたダリーンを、「丁重に扱え」などと言うつもりはこれっぽっちもなかった。

はっきり言って、ダリーンが今後どうなろうと、興味の欠片もない。

なんなら地下に閉じ込めて、家畜のように餌だけ与えておけばいいのではないかとまで思う。

さすがに思っても口には出さないが、今後ダリーンがそんな扱いを受けていたとしても、グレアムの心はこれっぽっちも痛まない。

ダリーンが愕然と目を見開いたが、逆に、この女はなぜ、グレアムが助けてくれると思ったのだろうか。

仕事は終わったのでさっさと帰ろうとしたグレアムの隣で、エイブラムが思い出したように言った。

「ああ、もうここはお前が治める領土なんだ。跡取りがいるから、一人くらいは孕ませとけよ」

……さすがに容赦がなさすぎるとグレアムは思ったが、悲鳴を上げるダリーンを、かばおうとは思わなかった。

七　エイデン国にご招待されました

王都に出発した三日後には、グレアム様たちが戻ってこられました。

本当に、あっという間です。クウィスロフト国で一番南にあるクレヴァリー公爵領にまで足を運ばれたということはクウィスロフト国を南北に往復したということです。それなのに三日。鳥車、すごいです。

グレアム様のご報告によりますと、なんと、この三日の間で、異母姉も無事に内乱の首謀者であるブルーノさんに嫁いだらしいです。……ええっと、普通、貴族の結婚には時間がかかるものなのですけどね。内乱を平定するという意味合いがあるからなのか、移動だけでなく結婚までもが恐ろしく早いですね。

それにしても、異母姉がすんなり獣人さんに嫁いだというのが驚きです。

異母姉のことですから、嫌がって大変だろうと思ったのですが。

「俺にかかりゃあちょちょいのちょいよ！」

エイブラム殿下がこのようにおっしゃいましたが、ちょっとよくわかりません。ちょちょいのちょいってどういう意味でしょう。

グレアム様はその隣で肩を震わせていました。笑っているように見えましたが、いったい何があったのでしょうか。

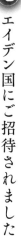

エイブラム殿下はこのまま一週間ほどコードウェルでゆっくりしていかれるそうです。

といいますか……もう一つ重要なご用事があったらしいのです。

「言い忘れてた。グレアム、内乱の仲裁が終わったらうちの国に遊びに来いって、親父が言ってたぞ。俺が帰るついでに連れてってやるわー」

「そういうことは早く言え‼」

帰ってきて早々爆弾発言を落としたエイブラム殿下に、グレアム様が怒鳴りました。

えーっと、話をまとめますとですね……。

エイブラム殿下がこの調子ですので忘れそうになりますが、エイデン国では、少々きな臭い動きがあります。

エイデン国は獣人の国で、その昔、クウィスロフト国で迫害されていた獣人たちが助けを求めて逃げ込んだ国でもあるのです。

そのため、エイデン国に住む獣人たちの中にはクウィスロフト国をよく思っていない方も数多くいらっしゃるのです。

今回、エイブラム殿下がこちらにやってこられたのもそのような背景があります。

クウィスロフト国で獣人が内乱を起こし、その獣人たちが殺害されたりなんかしたら、エイデン国の中のクウィスロフト国を敵視している獣人たちが騒ぎ出して大変なことになるからです。

エイデン国の国王陛下は、戦争を避けたい穏健派です。

ですが、重鎮の中には獣人を害するクウィスロフト国など滅ぼしてしまえという過激派も存在します。

そんな彼らが暴走しないように、今回の内乱はできるだけ穏便に解決しなければならなかったのでございます。

そして、クウィスロフト国との友好を過激派の方々に見せつけるため、王弟であるグレアム様を招待して、仲良しアピールをするのだそうです。

王弟であるグレアム様が、内乱を起こして危うく殺されるかもしれなかった獣人たちを救ったという形を取り、エイデン国が感謝してグレアム様を招いたという体《てい》を取るのだとか。

もともとグレアム様はコードウェルで獣人たちに手厚い対応を取っておりますから、エイデン国の過激派もグレアム様にはいい心証をお持ちだそうです。

わたくしとグレアム様の間の子を（まだおりませんし、そもそもそんな未来が訪れるかどうかもわかりませんが！）クウィスロフト国の世継ぎにという流れになっているため、うまくすれば過激派も少しおとなしくなるのではないかという狙いもあります。

……ここまではわかりましたが、急ですからね。グレアム様が頭を抱えるのもわかります。

百歩譲って、唐突なエイブラム殿下の訪問は慣れているからいいとしても、こちらから向かうとなれば話は別です。

国王陛下のお招きですので、いろいろ手土産も必要ですし、きちんとした格好で赴かなければなりません。

「別に普段着でいいぜ？　俺は気にしないし」

あっけらかんとエイブラム殿下はおっしゃいますが……さすがに普段着は無理です。

わたくしたちは、大慌てでエイデン国へ向かう準備を整えることになりました。

☆

（まったく、エイデン国の王族はそろいもそろってどうしてこう唐突なんだ！）

執務室で急いで書類を片付けながら、グレアムはこめかみをもんだ。

いくらバーグソンに領主代理を頼めるからといっても、グレアムでなければ処理できない仕事というのも存在するのである。

急ぎの書類をすべて決裁し、グレアムがふーっと息を吐き出したとき、背後の窓の外から何やらにぎやかな声が聞こえてきた。

何の騒ぎだと思って下を見下ろせば、雪の積もった庭を、メロディが駆け回っているのが見える。アレクシアも一緒だ。

「……何をしているんだ、あれは」

「雪合戦ですよ」

ぼそりとつぶやけば、ちょうど書類を受け取りに執務室に入ってきたデイヴが答えた。

「雪合戦？」

「エイブラム殿下がふざけてメロディに雪をぶつけたところ、ああなりました。奥様も雪で遊んだことがないというのでちょうどいいとかで」

エイデン国へ向かう準備に、アレクシアは必要ないだろう。マーシアあたりが持って行く荷物の用意をするだろうし、グレアムと違い、アレクシアには片付けなければならない書類はない。バタバタしているのでグレアムはアレクシアを構ってやれていなかったのだが、あの様子を見れば退屈はしていないそうだ。だが。

「……雪玉をぶつけられて、アレクシアは大丈夫なのか？」

しゃがみこんで、せっせと雪玉を作成しているアレクシアが見える。

風邪を引かないようにしっかりと防寒対策はしているようだが、華奢なアレクシアに、バカ力のエイブラムが雪玉をぶつけたりしたら、一撃で倒れてしまうのではなかろうか。

心配になっていると、デイヴが苦笑した。

「大丈夫でしょう。これも護衛だと言って、オルグも参戦していますからね」

「遊んでいるの間違いだろう」

とはいえ、オルグがいればアレクシアに雪玉があたらないように守るはずだ。

「というかお前の娘は他国の王子にも容赦なしだな」

「……は、はは」

デイヴが窓の外を見下ろして乾いた笑みを浮かべている。

雪玉を抱えたメロディが、ほかには一切目もくれず、エイブラムただ一人を攻撃しているのが見えた。

「おいこらメロディっ、雪玉ん中石入れただろ！　反則だぞ‼」

エイブラムの怒鳴り声が響いている。

（石ってあいつ……本当に容赦なしだな）

メロディはどうやら、エイブラムがアレクシアに向かって、「こいつに飽きたらいつでも俺んとこに来ていいからなー」と軽口をたたいたのを根に持っているようなのだ。

奥様に向かって失礼な、とかなんとか怒っていたので、その腹いせもあるのだろう。

そんなメロディとエイブラムを見て、アレクシアが楽しそうに笑っている。

にこにこと笑うことはあっても、声を出して笑うことは少ないアレクシアが、楽しそうな声を上げているのだ。

もやっと、グレアムの胸の中に何か不快なものが広がった。

アレクシアが楽しそうなのはいいことだ。しかし、アレクシアが笑顔を向けているのがエイブラムだというのが無性に腹立たしい。

アレクシアはグレアムに対しても笑顔を向ける。けれど、あの顔は知らない。どうしてだろう。どうしてグレアムが知らない顔をエイブラムに向けるのだろうか。

（アレクシアが心を許してくれている気がしていたのは、俺の思い違いだったんだろうか）

考えてみたら、グレアムは別にアレクシアの特別ではないのだ。

アレクシアは誰に対しても優しく微笑む。それが同性であっても異性であっても、人であっても獣人であっても変わらず笑顔を振りまくのだ。

グレアムに向ける笑顔と、他へ向ける笑顔に違いなんて何もない。

でも今、アレクシアはグレアムの知らない笑顔をエイブラムへ向けている。

（……嫁いだのが俺ではなく、エイブラム殿下だったら、アレクシアは幸せだったんだろうか）

エイブラムは繊細さには欠けるが、気さくでいい男だ。グレアムのように面倒くさくもない。三人いる妻たちを大切にしているのも知っている。

（アレクシアも、ああいう男の方が好きなのかもしれないな）

エイブラムならば、妻が到着して早々に暴言を吐いたりもしなかっただろう。

「楽しそうだな」

ため息とともにこぼせば、デイヴが首をひねった。

「……そうですか？」

デイヴの視線を追えば、雪玉を放り出したメロディがエイブラムに殴りかかっているのが見える。おおかた、エイブラムが不用意な一言でも発したのだろう。

「うちの娘、いつか不敬罪で投獄されるんじゃないでしょうか……」

デイヴは不安そうに言ったが、グレアムは苦笑すら浮かべられなかった。

慌ててメロディを止めに入ったアレクシアが、まるでエイブラムをかばったように見えるのは、どうしてなのだろう……。

☆

「た、高いですね……」

一週間後。

わたくしは、鳥車の窓から下を見下ろして、ごくりと唾を飲み込みました。

数人の鳥の獣人たちが引く鳥車は、動き出した途端にぐんぐんと上空へ向かい、雲の上まで上がってしまいました。

見下ろせば、白い雲と、その合間から地上が見えますが、建物も森もすごく小さくて、いまだかつて経験したことのない高さに眩暈を覚えそうです。

エイデン国へは、グレアム様とわたくし、それからメロディとオルグさん、そしてロックさんが向かうことになりました。

ロックさんが一緒に行くのは、何かが起こったときにすぐにコードウェルを任せてきたデイヴさんと連絡が取れるからだそうです。鳥の獣人であるロックさんなら、コードウェルまでひとっ飛びで帰れますからね。

留守は、デイヴさんとマーシア、そして、前領主であるバーグソン様にお任せです。

エイデン国には五日ほど滞在する予定ですが、もしその五日の間にコードウェルで何か問題が起こったとしても、この三人に任せておけばよほどのこと以外は大丈夫だとグレアム様がおっしゃっていました。

「お前って過保護だったんだなぁ」

対面に座っているエイブラム殿下が、グレアム様と、それからわたくしを見てにやにや笑いながら言いました。

わたくしはちょっと恥ずかしくて視線を落とします。

「うるさい。震えていたんだから当たり前だろう」

ええっと、ですね。

わたくしは今、グレアム様のお膝の上に横抱きにされております。

鳥車が飛び上がった瞬間。急に訪れた浮遊感に怖くなって、わたくしがびくりと震えたところ、このような体勢になりました。

まだ少し怖いには怖いですが、さすがにもう震えておりませんのに、グレアム様はしっかりとわたくしを抱きしめて放しません。

ここにメロディがいたら、また「セクハラ」と言い出しそうですね。

ちなみに、メロディ、オルグさん、ロックさんの三人は後続の鳥車に乗っています。

ロックさんは飛べるので乗る必要はないのですが、わたくしたちはクウィスロフト国の客人一行ですので、体裁というやつだそうです。

メロディはグレアム様がわたくしに触れるたびに「旦那様、近すぎです」とか「適切な距離を取ってください」と注意をします。ですが、その、わたくしは、こうしてグレアム様に抱きしめられるのは嫌ではありません。

ドキドキしますが、特に今のように少し不安なときは、グレアム様に抱きしめられている方が安心するのです。

ですので、別に「セクハラ」とやらでもいいのですけどね。それが何かはまだよくわかっておりませんが。

「しっかし、見れば見るほどいい魔力持ってるねぇ。なあアレクシア。グレアムに飽きたら、いつでも俺の嫁になりにきていいからなー」

「え⁉」

「ふざけるな‼」

わたくしが瞠目するのと、グレアム様がエイブラム殿下を一喝するのは同時でした。

エイブラム殿下はけらけらと笑っていらっしゃるので、きっと冗談だったのでしょうけれど……驚きました。

……エイブラム殿下は獣人なので、わたくしの金光彩の入った目も平気なのですよね。

コードウェルに移り住んでからというもの、それまでの生活環境と一変しすぎて、いまだに戸惑うことがあります。

王都にいたときと違って、この目について何か言われることはございませんし、皆様とてもよくしてくださいますが、まさか隣国の王子殿下に「嫁いできていい」と言われるとは思いませんもの。驚愕しますね。

グレアム様がわたくしの腰に回した手に少し力を込めました。

「そんなに警戒しなくても、無理やり奪い取ったりはしねえよ。さすがに俺でも、お前と本気でやりあいたくはねぇからな。本気で殺しあったら俺が負けるだろうし」

エイブラム殿下のことは、なんとなくお強いのだろうなとは思っておりましたが、グレアム様の方が力は上のようです。

……なんでしょう。わたくしのことではございませんのに、嬉しいと言いますか、誇らしいと言いますか、なんだかわたくしがほめられたみたいにむず痒くなります。不思議です。

「アレクシア、寒くないか？」

「はい。大丈夫です」

エイデン国は、コードウェルよりもさらに北にありますから、とても雪深く寒い国です。

メロディとマーシアの計らいで風邪を引かないようにと、ドレスの下に暖かい下着を何枚も重ね着いたしましたし、上にはとても暖かいコートを羽織っておりますから寒くはございません。

それに、鳥車の中は、グレアム様が水と火の複合魔術で温めてくださいましたから。

暑がりなエイブラム殿下は「暑い！」と文句をおっしゃいましたが、グレアム様は聞こえないふりをして、暖炉を焚いているお部屋くらいの暖かさにしてくださったのです。

……そしてさらに、こうしてグレアム様がお膝の上に抱きかかえていてくださいますからね。

寒いはずがありません。

「そろそろ着くぞー」

エイブラム殿下がおっしゃいましたが、窓の外を覗いても雲しか見えませんでした。

ただ、エイブラム殿下がそうおっしゃって三分としないうちに、鳥車が静かに地上に向けて滑空をはじめました。

「んっ」

上空に駆け上がったときにも感じましたが、なんでしょうか、内臓をふわりと持ち上げられたかのような、なんだか奇妙な感覚が襲ってきます。

慣れない感覚にぎゅうっと体を縮こめると、グレアム様がぽんぽんと背中を叩いてくださいました。

鳥車がゆっくり地上に降りて、外側から扉が開けられました。

エイデン国に到着した模様です。


「晩餐のときに親父が挨拶するって言ってたから、それまでゆっくりしてていいぜー」

お城の玄関前で、エイブラム殿下が気楽そうにそうおっしゃいます。

見上げたお城は、とてもとても大きかったです。

クウィスロフト国の王城は優美な感じのする曲線的な作りなのですが、こちらのお城は角ばっていて横にも縦にも大きく、この表現が正しいのかどうかはわかりませんが強そうな感じがします。

エイブラム殿下とは玄関を入ったところでひとまずお別れして、わたくしたちはお迎えにやってきたメイドたちに連れられて客室へ案内されました。

お城の中は装飾品はそれほどなく、シンプルな感じがいたします。天井が高く、廊下は広いです。そして、どこも似たような単調な作りですので、うっかり迷子になりそうです。

……一人で部屋の外には出ない方がいい気がします。

メイドさんに案内されたのは、二階の東の角にある、大きなお部屋でした。

廊下の調度品は少なかったですが、来賓のために作られたこの部屋は壁にも綺麗な風景画がかけられていて、置かれている家具もとても豪華でした。

ちょっと目がちかちかするのは、やたらと金が使われているからでしょう。中でもひときわ目を引くのは、金ぴかのローテーブルでした。

豪華なんですけど。豪華なんですけどね。……きらきらすぎて、ちょっと落ち着かないかもしれません。コードウェルのお城の一番豪華な応接間の何倍もピカピカですから。もちろん、そんな失礼なことは言えませんが。

「こちらが、グレアム殿下ご夫妻のお部屋でございます」

なるほどー。……うん？

わたくしが「はて？」と首を傾げた横で、グレアム様がぴきって、まるで背中でもつってしまったかのようにピーンと背筋を伸ばして硬直しました。

わたくしの後ろで、メロディもピシッてなります。

オルグさんがにやにや笑って、そんなオルグさんをロックさんが注意するように肘でつつきました。

……夫妻の部屋。

えーっと、グレアム様の妻は、一応わたくしです。

形式だけの妻で実態は伴っておりませんが、わたくしはグレアム様の妻なのです。

ということは……ここは、グレアム様とわたくしのお部屋!?

「侍女の方は、隣にお部屋をご用意しております。護衛の方は侍女の方の隣のお部屋です」

おそらく侍女と呼ばれたのはメロディのことでしょう。厳密に言いますとメロディはお城のメイドで、わたくし専属ではありませんから「侍女」とは違うのですけど、いちいち訂正することもありません。メロディが嫌がれば別でしょうが、嫌がってはいないようですから。

メロディがちらりとグレアム様を見てから、仕方がなさそうに肩を落としました。

「わかりました」

そう言って、メロディはメイドについて自分の部屋を確認しにいきました。

オルグさんとロックさんも、そのあとでお部屋を案内してもらうためメイドについていきます。

この豪華な部屋の中には、グレアム様とわたくしだけがぽつんと残されました。

ぼーっと立っておくのもなんだか落ち着きませんので、わたくしはお部屋の中を見させていただくことにします。

グレアム様は、まだ直立不動で固まっていらっしゃるので、本当に背中がつってしまったのかもしれません。

心配になったのでお声がけはしたのですが、反応がありませんでしたから、そっとしておくことにします。話しかけられると、余計につらいかもしれないので。

お部屋にはソファと机、棚のほかに、入り口から向かって右の壁側に天蓋付きの巨大なベッドがありました。ここで十人くらい眠れそうなほど大きいですが、ベッドは一つしかありません。えんじ色のベッドカバーがかけられていて、クッションなのか枕なのかわからないものがたくさん置いてあります。

……ベッドが一つしかないということは、グレアム様とわたくしは共同でここを使うことになるのでしょう。そうですよね。一応夫婦ですから。でも、とても大きいので、わたくしが端っこを使えば、グレアム様のご迷惑にはならない……はずです。たぶん。

続き部屋には浴室があります。

浴室も広いです。

壁と床は白いタイル張りで、三人は入れそうな猫足の大きな浴槽が置いてあります。こんなに大きいとお湯を運ぶのがとても大変そうですが、獣人は当たり前のように魔術のような力を行使できますので、こういったことはさほど重労働ではないのかもしれません。

お風呂のそばには、とてもいい香りのするシャボンが数種類置いてありました。

あ、浴槽のさらに奥にはマッサージ台のようなものもあります。

もしグレアム様が一緒のベッドを使うのがお嫌でしたら、わたくし、このマッサージ台で休めばいいかもしれません。だって、充分広いですから！

ひとしきり浴室を観察して部屋に戻りますと、グレアム様がソファに座っていらっしゃいました。つった背中は戻ったのでございましょう。よかったです。

グレアム様に近づくと、ぽんぽんとソファの隣を叩かれたのでそこに座ります。

「あー、アレクシア。どうやら今日から五日間、俺と同じ部屋のようだが、大丈夫か？」

「はい」

グレアム様が何を心配なさっているのかはわかりませんが、わたくしはまったく問題ございません。だってわたくしは嫁いできた身ですから。夫と同じ部屋を使うのはおかしくありません。グレアム様がお嫌でないのなら、わたくしには異論はないのです。

……あ、でも、ちょっとだけドキドキしますけど。でも、このドキドキは嫌なドキドキではなくて、グレアム様に抱きしめていただいたときと同じようなドキドキですので、大丈夫なのです。

「そうか」

グレアム様がほっとした顔で微笑みます。

自然な動作で、わたくしと手をつなぎました。指をからめとるようにされて、グレアム様の手のひらの温かさが伝わってきます。

「アレクシア、俺は――」

グレアム様が何か言いかけたときでした。

バーン！　と部屋の扉が勢いよく開けられました。

そして、すごい勢いでメロディがこちらに走ってきます。

「そこまでです！　おさわり禁止！　離れてください‼」

メロディがグレアム様の腕を、ていっとチョップして、グレアム様の手をわたくしから引きはがしました。

グレアム様が腕をさすりながらじろりとメロディを睨みつけますが、メロディは逆に腰に手を当てて仁王立ちになり、グレアム様を睨み返します。

「文句があるならきちんと手順を踏みやがれ、と言っているでしょうが。とにかく、わたしの目の前で奥様に無体なことはさせませんからね‼」

無体とはなんでしょう。

よくわかりませんが、グレアム様は「はあ」と息を吐いて、どこか拗ねたような顔で、無言でそっぽを向きました。


日も暮れはじめたころ、お部屋にメイドが呼びに来ました。

これから、エイデン国の国王陛下たちと晩餐なのです。

メロディもオルグさんもロックさんも一緒に向かいますが、晩餐の席に着くのはグレアム様とわたくしのみとなります。

メロディたちは、部屋の隅に立っているのですが、お食事はあとで摂られるのでしょうか。

コードウェルでも、食事の際にメロディたちが同席したことはありませんので仕方のないことかもしれませんが、緊張しているせいか、もっとそばにいてほしいと思ってしまいますね。

長方形の重厚なダイニングテーブルには、すでに国王陛下とご正妃様、それから第一王子殿下と第二王子殿下、そしてエイブラム殿下が着席なさっていました。

国王陛下には五人のお妃様がいらっしゃって、お子様が男女合わせると十人ほどいらっしゃるとかで、大人数になるため、来賓を晩餐に招待する際は、基本的にご正妃様とそのお子様のみ同伴なさるそうです。

そこで今夜の晩餐にはご正妃様とそのお子様の第一王子殿下、第二王子殿下、それから、ご正妃様の子ではありませんが、わたくしたちをエイデン国まで案内くださったエイブラム殿下が出席されるというわけです。

グレアム様とわたくしは、メイドに案内されて国王陛下とご正妃様の正面の席に着きました。

国王陛下は、見た目通りであれば五十歳ほどでしょうか。どこかエイブラム殿下と似た快活そうなお顔立ちでございます。髪の色も、エイブラム殿下と同じ白で、根元だけ黒です。

ご正妃様は、お可愛らしい感じの方でした。この方は猫の獣人なのだそうです。艶やかな鳶色の髪に、青灰色の瞳で、身長はわたくしとさほど変わりませんから、体格のいい方の多い獣人の中では少し小柄な方です。

「お招きいただきありがとうございます」

グレアム様が代表して国王陛下にご挨拶なさいます。

国王陛下は穏やかに微笑みながら、グレアム様が持参した土産物について感謝をおっしゃいました。

急な訪問でしたので、グレアム様は考えに考えて、ご自身が開発している魔術具を持参したのです。あれです。コードウェルのお城にもつけられている、空気を循環させる魔術具でございます。

　エイデン国でも魔術具研究がされていますが、魔術具はそれぞれ作った人に特許と呼ばれる権利が与えられますので、開発者に許可なく他者が同じものを作ることはできません。

　グレアム様のお作りになった空気を循環させる魔術具はとても秀逸なものである一方、なかなか高度な技術が使われているため、許可をもらっても相応の技術者でなければ同じものを作ることができません。ですからエイデン国王はとてもお喜びでした。

　……ふふ、グレアム様は表情を変えられませんでしたが、機嫌がよさそうな雰囲気がなんとなく伝わってきますよ。魔術具研究がご趣味のグレアム様は、ご自身の研究が評価いただけて嬉しいのですよね。

　それから、グレアム様がクウィスロフト国の内乱について、エイデン国からの口添えに感謝を述べ、無事に片が付いたことをご報告なさいます。

　それが終わると、国王陛下がチリンと目の前のワイングラスをスプーンの背で軽くたたきました。

　それが合図だったのでしょう。

　大勢の使用人がワゴンを押してきて、運んできた料理を次々とダイニングテーブルの上に並べていきました。

　エイデン国は、一度にすべての料理を並べるスタイルなのだそうで、大きなテーブルに載りきらないほどの食事が並べられます。

これは……いったい何人分でしょう。

二十人分を軽く超える量だと思われます。

わたくしの前に大皿と、それから前菜に当たるのでしょう、八種類のお料理が二口分ぐらいずつ並べられた四角いプレート皿が置かれます。それからポタージュスープと、三種類のパンも。

わたくしの小さな胃には、これだけで充分すぎる量なのに、メインディッシュは目の前に並べられている料理から好きなものを好きなだけ取って食べるように言われて眩暈がしました。

……こ、これは、覚悟が必要です。

わたくしの胃と、目の前のお料理との、ある種の戦いでございます。

お招きいただいたのですから、全部は無理としても、ある程度は頑張って食べねばなりません。

ナイフとフォークを握り締め、戦地に赴くかのように気を引き締めておりましたら、グレアム様が心配そうな顔をこちらへ向けました。

「アレクシア、食べられるだけでいい。絶対に無理はするな。……お前のことだ、礼儀だのなんだのと、腹がはちきれる寸前まで詰め込みそうだからな」

そうおっしゃいますけど、わたくし、お食事の時間は好きなのですよ。

クレヴァリー公爵家にいたときは、食事にありつけないこともしばしばございました。いただけてもパンが一つとか、よくて冷えたスープがついていたりとか、サラダに使ったあとのくず野菜とか、その程度でしたから、美味しい食事が当たり前のようにいただける今は、本当に幸せなのです。

ただ、この胃が。なかなか成長しないこの胃が悪いのです。

本当ならば、出されたものはすべて食べてしまいたいのです。だって美味しいですから。

だから多少胃痛の心配はありますが、ぎりぎりまで詰め込むのはありだと思うのですけど、グレアム様は首を横に振ります。

「アレクシア様、無理をなさらなくていいのよ。陛下やこの子たちは本当によく食べるのでたくさん置いているだけですから。それに、食事のあとはデザートが運ばれてくるから、ほどほどにしておいた方がいいわ」

ご正妃様が困ったように頬に手を当てて微笑まれました。

ご正妃様も、食が細い方だそうです。国王陛下に嫁がれたばかりのころは、あまりの食事の多さに言葉を失ったのだとか。国王陛下は陛下で、このくらいの量の食事は当たり前だと思っていらっしゃって、食べないご正妃様をとても心配して、何が何でも食事を口に詰め込もうとなさったとかで、自分の胃の大きさを説明するのがとても大変だったとおっしゃってため息を吐かれました。

……確かに、国王陛下たちはよくお召し上がりになるみたいです。ご正妃様とお話ししている間にも、陛下たちの前から前菜とパンとスープがなくなって、お代わりのパンが運ばれてきて、目の前のお料理が次々に消えていきます。

いったい何と競っているのかしらと不思議に思うほど、国王陛下と三人の王子殿下はすごい勢いで食べていくのです。

そういえば、エイブラム殿下も、コードウェルのお城ですごくたくさんの食事を摂られていましたね。メロディが「食糧庫をからにするつもりですか‼」と怒っていました。さすがにたくさんの備蓄があるコードウェルの食糧庫がからっぽになることはありませんが、メロディがあきれるほどよくお召し上がりだったのです。

たくさんのお料理は、国王陛下と殿下たちがほとんど食べてしまわれると思われますので、わたくしは胃の心配をするのをやめて、目の前の前菜をゆっくりと食べはじめました。

グレアム様も「あの量がどこに入るんだか」と苦笑して、食事を口に運ばれます。

たくさんあった料理のお皿がからっぽになり、デザートが運ばれたころになって、国王陛下がワインで喉を潤してから口を開きました。

「そういえば気になってはいたんだが……。グレアム殿下の奥方は、どこかの竜の一族なのだろうか？」

「竜の一族？」

グレアム様が紅茶を口にしようとして、途中で動作を静止しました。

「ああ。血はだいぶ薄れているが、クウィスロフト国の王家もそうだろう？　ただ、アレクシア殿とおっしゃったか？　奥方には、クウィスロフト国の竜とは違う血が流れているように思うのだが」

「……どういうことです？」

グレアム様が怪訝そうなお顔をなさいます。

わたくしも、驚いて目を丸くしました。

竜とおっしゃいますが、世界で竜を見なくなって久しいのです。

竜は魔物とは似て非なる存在で、世界に六体しかいないと聞きます。風、火、土、水、光、闇の各属性にそれぞれ一体だけなのです。

そしてその竜については、クウィスロフト国の建国にお力を貸した水竜様がそうであるように、各地でお眠りについているとか、どこかにお隠れになって姿を見せなくなっているとか、正体を隠して生活しているとか……、どこまで信憑性があるのかわからない噂ばかりで、真実を誰も知りません。

その生態も、魔物以上に謎に包まれているのです。

もしかしたら竜はここより離れた地へ移動しただけで、普通に生活しているのかもしれませんが、少なくとも、クウィスロフト国や近隣諸国で竜を見たという噂は聞きません。

それなのに、わたくしが竜の一族とは、どういうことなのでしょうか？

そして「一族」というのが解せません。だって竜は、それぞれの属性に一体だけだと聞きますもの。一族を作るほど、大勢いらっしゃらないのです。

「竜は、実はたくさんいらっしゃるのでしょうか？」

わたくしなどが不用意に発言してはいけないとわかっているのですけれど、つい気になってしまって、国王陛下にお訊ねいたしますと、陛下は小さく笑われました。

「ああ、そうじゃない。竜と人が交わって、竜の血を引くものを『竜の一族』と呼ぶんだ」

「なるほど、そういうことですか」

そういう意味では、クウィスロフト王家も竜の一族ですね。納得です。

「ずっと昔、アレクシア殿と同じような目をした一族に会ったことがあるのだよ。もう三十年も前のことになるか……。金光彩の入った赤紫色の瞳をしていた。火竜の末裔だと聞いたが」

「アレクシアが、そうだとおっしゃるんですか？」

「確証はないが……、アレクシア殿の魔力は、少し不思議な気配がする」

「不思議な……」

グレアム様が顎に手を当てて視線を落としました。

「確かにアレクシアの魔力は、成長とともに増えているように思われます。これは人にはない現象です。人は生まれたそのときに魔力が最大値ですから。肉体や精神の成長に伴い魔力が増大することはありません。……だからもしかしたら、アレクシアの母親の方に、獣人の血が混ざっているのではないかと考えていたのですが……竜の末裔か。可能性がゼロとは言えませんね。アレクシアは生みの母親のことを知りませんから、もしかしたらそうであったかのかもしれません。

三十年ほど前にお会いになったという竜の末裔の一族はどこにいるんです？」

「流浪の民だったからな、今どこにいるのかはわからないよ」

「そうですか……」

……ええっと。

わたくしが、その竜の一族である可能性があるということですか？

「あの……、わたくしの父は、その、この目のことが嫌いなのです。ですので、生みの母が同じような目をしていたら、その……愛人になど、するはずがないと思うのですけど」

「アレクシアと同じ目の色ではなかったかもしれない。クウィスロフト王家を考えてみればわからないか？　姉のスカーレットは、俺と同じ色の目をしていなかっただろう？　クウィスロフト王家の竜の血は薄まっていて、このように目が金色になることはなかなかない。俺の父も、黒い瞳をしていた」

　確かに、言われてみればその通りです。

　わたくしの目に金光彩が入っているからといって、生みの母がそうだったとは限りません。

「……竜の、一族」

　それも、クウィスロフト国とは違う竜の血を引いているのでしょうか。

　クウィスロフト国の水竜の血は王家に流れております。ゆえに、王家から派生したクレヴァリー公爵家も、竜の一族と言っても間違いではありません。しかし、そのクウィスロフト国とは違う竜の血がこの身に流れているかもしれないと思うと、少々不思議な感じがいたします。

「堂々と竜の一族を名乗るのだから、クウィスロフト王家よりも、陛下がお会いになった竜の一族の方が血が濃いのでしょうね」

「そうかもしれない。まあ、詳細は彼らでないとわからないがね。……だが、気を付けるべきだろうな」

　国王陛下はワイングラスを傾けて、少し心配そうな顔になりました。

「クウィスロフト国は強すぎる魔力を恐れるようだが、基本的に、どの国も強い魔力保持者は喉から手が出るほど欲しいのだ。人、獣人を問わず、な。アレクシア殿はただでさえ強い魔力をお持ちのようだ。加えて本当に竜の一族だったとしたら……、狙われるぞ」

きゅっとグレアム様の表情が引き締まりました。

国王陛下は、グラスを置いて、まっすぐにグレアム様を見つめます。

「ほかに奪われぬように、気を付けることだ」

グレアム様は、無言でゆっくりと、顎を引くように頷きました。

晩餐を終えてお部屋に戻っても、わたくしの頭はまだぼーっとしていました。

だって、わたくしに竜の一族の可能性があるなんて、思ってもみませんでしたもの。

わたくしの赤に近い紫色の目に現れる金光彩はほかで見たことはありませんでしたから、不思議だとは思っていましたけれど、わたくしの体に流れているかもしれない竜の血がそうさせているのだとしたら納得です。

「アレクシア、大丈夫か？」

メロディが、お風呂とベッドの準備をするというので、わたくしはグレアム様に促されてソファに座りました。

オルグさんはわたくしたちが部屋に戻るなり食事を摂りに行きましたが、メロディは行かなくていいのですかと訊くと、わたくしの準備を終えたあとで部屋で食べるとのことでした。

わたくしのことは気にせず食べてきていいですよと言ったのですけど、メロディは「大食漢のオルグたちと一緒に食べるのは疲れます」と言って首を横に振りました。そうは言いますけど、きっとわたくしに気を遣ってくださったのですね。メロディは本当に優しいです。

「びっくりしましたけど、大丈夫です」

「それならいいんだが。まあ、俺も別の竜の一族には会ったことがないから少し驚いたがな」

そうですね。竜が人と交わったという話は、クウィスロフト国以外では聞きません。ですが、言われてみたら、水竜様だけが特別ということもないのでしょう。だって、竜はそれぞれの属性に一体だけですもの。お一人で生きていくのは寂しいので、人間なり獣人さんなり、伴侶を見つけてもおかしくありません。

「竜の一族と言われてもまだピンと来ていませんが、顔も知らないお母様のことが少しだけわかった気がして嬉しいです」

「そうか……………って、おい！　メロディ！　お前は何をしているんだ⁉」

優しく目を細めてくださったグレアム様が、ふとベッドの方に視線を向けてぎょっと目を見開きました。

わたくしも振り返りますと、メロディがせっせとベッドの中央に何かを敷いています。

……ええっと？　本当に何をしているのでしょうか。

メロディはベッドを半分に仕切るように、クッションやら丸めたシーツやらを並べているのですよ。あのクッションやシーツはどこから持ってきたのでしょうか。

わたくしがぱちくりとしていますと、メロディがやり切った感満々の笑顔で振り向きました。

「何って、奥様が安全にお眠りになられるように準備をしているんですよ。……本当はわたしの部屋で一緒に眠りたいところですが、そんなことをしてもし誰かに見られたら、旦那様と奥様のことを変に勘ぐる輩が出てきそうですからね。さすがにエイデン国の住人を殴って脅すわけにはいきませんし」

「その妙なベッドの仕切りを見られても変に勘ぐるやつが出てくると思うが？」

「そのときは脅して黙らせます」

「言っていることが矛盾していないか⁉」

「うっさいですね。とにかく、旦那様はこっち側ですから。この仕切りからそっちには移動してはいけませんよ。ささ、奥様。そろそろバスルームにお湯の準備が整ったころだと思いますので、お風呂にしましょう」

メロディはにこにこと微笑んで、文句を言っているグレアム様を無視すると、わたくしの手を取って立ち上がらせてくださいます。

……あのぅ、メロディ。グレアム様がすっごく疲れた顔をなさっていますよ？　大丈夫でしょうか？

わたくしが心配になってグレアム様を見ますと、グレアム様は片手で目の上を覆って、もう片方の手を軽く振りました。行っていいそうです。

「旦那様、覗かないでくださいね」

「誰が覗くか‼」

グレアム様がさらにぐったりしてしまいました。

……メロディ、わたくしのような貧相な体にはなんの価値もございませんから、わざわざグレアム様は覗いたりなさいませんよ？

メロディとともにバスルームへ向かいますと、ふわりと甘いいい香りがしました。見ればバスタブにはもこもことたくさんの泡が浮かんでいます。泡ぶろですよ！　わたくし、泡ぶろははじめてです！

わくわくしながらバスタブに体を沈めますと、浮かんでいる泡がシュワッと音を立てます。泡がもこもこしていて気持ちがいいです。泡の部分はお湯よりもちょっぴりひんやりして、それがまた楽しいですね。両手で掬い上げてふーっと息を吐きますと、泡の塊がふわりと飛んでいきます。

わたくしが泡で遊んでいる間に、メロディが手早く、けれども丁寧に髪を洗ってくださいます。わたくしも、一人で髪くらい洗えるんですけどね。それを言うと、メロディがこれは自分の仕事だと言うので、任せることにしているのです。

メロディは髪を洗いながら頭皮マッサージもしてくれるので、とっても気持ちがいいのですよ。

「大丈夫だとは思いますが、何かあったらすぐに声を上げてくださいね」

「グレアム様はお強いので、万が一賊が入り込んでも大丈夫だと思いますよ。わたくしだって、多少の魔術は使えるようになりましたし」

「その心配ではありません」

メロディが小さく苦笑します。

……はて？　ではメロディは何の心配をしているのでしょう？

「旦那様にもしひどいことをされたら、すぐにわたしを呼んでくださいませ」

「グレアム様はひどいことなんてなさいませんよ。お優しいですから」

グレアム様がわたくしに怖い顔を向けたのは最初だけです。地震が起きたときからずっとお優しいままなので、義母や異母姉のように、わたくしを殴ったりはなさらないと思います。

「……ま、あの方は本気で奥様が嫌がることはしないでしょうけど……奥様が嫌がらなそうだから心配なんですよねー」

メロディは嘆息して、泡をすすいだわたくしの髪に、丁寧にオイルを塗ってくれました。

☆

アレクシアは、竜の末裔かもしれない。それも、クウィスロフト国の王家よりも濃い竜の血がその身に流れているかもしれない。

グレアムは、エイデン国の国王の言葉を思い出しながら、グラスを傾けていた。

晩餐のあと、早々に入浴を終えたアレクシアは、国王たちとの晩餐に気疲れを起こしたのだろう、メロディが奇妙なバリケードを築いたベッドにもぐり込むなりあっという間に寝入ってしまった。

同じ部屋にグレアムがいるというのに、安心しきった顔で眠りに落ちたアレクシアに、正直複雑な心境ではある。

まったく警戒されていないのも、男としてどうなのだろうかと思うわけだ。

（まあ、怯えられるよりはましだがな。……しかし、火竜の末裔、か）

あくまでも「かもしれない」という仮説段階だが、エイデン国の国王の推測は存外的を射ているだろうとグレアムも思う。

世界でも有名な竜の末裔は、クウィスロフト王家だが、各地に竜の末裔が存在していることはグレアムも知っていた。

そもそも竜とは、六種いたとされている。

風竜、火竜、土竜、水竜、光竜、闇竜の六種で、それぞれ一体ずつだ。

クウィスロフト国の建国王の伴侶となった竜は水竜だった。

クウィスロフト王家が後にも先にも竜の血を取り入れたのは建国王の伴侶の水竜のみだが、竜の末裔の中には、幾度となく竜との婚姻を繰り返し、その血を濃く宿している者たちもいると聞く。

竜は水竜のように眠りにつくなどして地上から姿を消したと言われているが、グレアムは、もしかしたら人の前に姿を見せなくなっただけで、今も地上のどこかで暮らしているのかもしれないと考えていた。

竜の末裔が、隠れ住んでいる竜の居場所を知っていて、今もなお竜と婚姻を繰り返していないと、どうして言えよう。

クウィスロフト王家に流れる竜の血は千年前のものだ。すでにその血は人と変わらないだけ薄れていて、グレアムのように先祖返りと言われるほど膨大な魔力を有して生まれてくる子は出ても、それは人としての枠から出るほどのものではない。

ゆえに、グレアムの魔力はただの人間と同じで生まれながらにして最大で、だからこそ幼い身では抑えきれず何度か小規模の魔力暴走を起こしたのだろうが、アレクシアは違う。

成長とともに魔力が増大しているとなると、彼女が正しく竜の末裔であるならば、その身に流れる血は相当濃いのではないのかと推測できた。

強い魔力を持った、濃い竜の血を宿す娘。

エイデン国王が懸念した通り、彼女を欲しがる人間は多いだろう。

クウィスロフト国は、八百年前の王子の魔力暴走で国が滅びかけたせいで、増大な魔力を敬遠する傾向にある。

しかし、大きな魔力を忌避する国など、クウィスロフト国くらいなものだ。

増大な魔力を持った強い魔術師は、存在しているだけで国にとっての強力な守りとなる。

はっきり言えば、グレアムが本気になれば、たとえ手練れの騎士が一万人向かってこようと、一蹴できるのだ。強い魔術師とは、言い換えれば存在自体が兵器なのである。

クウィスロフト国が、他国と違う考え方を持ち続けていられるのは、ひとえに、ほかの国では例を見ない「竜の末裔」が治める国だからだ。

他国にしてみたら、竜の末裔の持つ魔力は未曾有で、その全貌を把握するのは不可能なのだ。グレアムのように先祖返りで膨大な魔力持ちが生まれることもあるし、下手につつくと、国の地下に眠っているとされる水竜を目覚めさせるのではないかという懸念もある。

だからこそ、クウィスロフト国は、他国の真逆の考え方を持ち続けることができたし、問題もなかったのだ。

そして、その「竜の末裔」という恩恵を、他国が欲しがらないはずもない。

クウィスロフト国は、どれだけ請われようとも、王族を決して他国へは嫁がせなかった。竜の血を外に出すことを嫌ったからだ。

しかし、ほかでその血を得ようとしても、ほかの「竜の末裔」は表舞台になかなか姿を現さない。

そんな貴重で、喉から手が出るほど欲する竜の血。

アレクシアの存在を知られたら、各国がどう動くかなど、考えなくともわかりそうなものだ。

(せめてもの救いは、アレクシアが俺の妻であることだな。……夫婦の事実関係はなくとも、世間一般にはアレクシアは俺の妻だ。さすがに先祖返りの竜の末裔から、そう簡単に妻を奪い取れるとは思うまい)

グレアムはグラスの中身を一気に呷ると、ソファから移動してベッドの足元に腰かけた。

シーツにくるまり、幸せそうな寝顔をしているアレクシアは、おそらく自分がどのような存在であるのかなどわかっていないのだろう。

エイデン国王から竜の末裔と言われても、あまりピンときていないようだった。

驚いた様子ではあったが、それだけだ。

(力には固執しない性格なんだろうな)

抑圧され、虐待を受けて育ったからなのか、アレクシアは自分自身を過小評価する傾向にある。

今のアレクシアなら、その気になれば自分を虐げていた家族に復讐することなど容易だし、竜の末裔であるのが本当ならば、その事実を全面に出せば、どんなに無茶な逆襲をしたところで、スカーレットは口をはさまないだろう。

クウィスロフト国は大きな魔力を忌避し恐れるが、その一方で「竜の一族」であることに誇りを持っている。クウィスロフト王家でなくとも、「竜の一族」というだけで、他国の王族と同等として考えるだろう。

さらに、アレクシアの方が竜の血が濃いかもしれないとなれば、あの臆病で口やかましい重鎮たちですら黙って見ているはずだ。むしろ、新しい竜の血が王家に取り入れられたことを喜び、クレヴァリー公爵家はその過程での犠牲として処理される。

アレクシアがクレヴァリー公爵家の人間へ復讐することに、なんの障害もないのだ。

(だが、それを言っても、やっぱり驚いた顔をするだけで、何もしないのだろうな)

グレアムだったらどうだろう。復讐の機会が与えられたら、嬉々として自分を虐げた人間に苦

痛を与えたかもしれない。

アレクシアを見つめていると、無性に彼女に触れたくなる。

その柔らかい頬に触れて、髪を梳いて、抱きしめて、甘そうな唇に口を寄せたくなる。

アレクシアは眠っているし、自分たちは夫婦だし、少しくらい触れても許されるのではないかと誘惑に負けそうになったグレアムの脳裏に、メロディの声が響いた。

——おさわり厳禁‼

(……メロディめ)

触れたいのならば、けじめをつけろとメロディは言う。

アレクシアが竜の末裔であるかもしれないとわかった今、アレクシアを守るためには正しい夫婦である方がいい。

だがそれ以前に、グレアムはすでにアレクシアが可愛くて仕方がないのだ。

これまで生きてきた環境がそうさせるのか、些細なことで喜び、ふわりと笑うアレクシア。

コードウェルに来たばかりのころほど、アレクシアに怯えた雰囲気はないが、彼女は自ら誰かに甘えにいくことができない。

グレアムが甘やかせば戸惑いを見せ、そのあと本当に嬉しそうに笑うのだ。

こんなに可愛い生き物を、グレアムはほかに知らない。

あれだけの境遇で育ち、どうすればこれほど綺麗で純粋なままの内面でいられるのだろうか。

グレアムならば復讐心で心が真っ黒に染まりそうなものなのに。

他人からどれだけ傷つけられても、その相手への真っ黒な感情に塗りつぶされないアレクシアは、グレアムからすれば自分の心を守る術を知らないように見える。

心を守る術を知らないアレクシアは、放っておけば人からの悪意でいつか壊されてしまいそうなほどもろく見えて、グレアムは過保護にならずにはいられないのだ。

そして、そんなアレクシアがたまらなく愛おしい。

だから抱きしめたくなるし、許されるならその頬や唇に口を寄せたい。

夫婦としての既成事実が欲しいし、なんなら永遠に腕の中に閉じ込めておきたいとさえ思う。

それを望んだところで、アレクシアは拒まないだろう。

しかしそれは、アレクシアがグレアムに対して好意を持っているからではなく、彼女がその行為を嫁いできた者の義務と認識しているからだ。

政略結婚なんてそんなものだし、グレアムも貴族の義務的な夫婦関係をよく知っている。別に珍しくもないし、不思議でもなんでもない。

だが、アレクシアには「義務」で受け入れられたくないと、グレアムは思うのだ。

我儘なのもわかっている。

面と向かって「つまみ出せ」などと言った失礼な男が、妻に愛情を求めるのは傲慢というものだ。

でも、やっぱり欲しくて。

（……アレクシアが、俺を好きになってくれるまで気長に待つさ）

そんな日は一生来ないかもしれないが、それでも。

グレアムはベッドにもぐり込むと、アレクシアに触れないぎりぎりの距離まで近づいて目を閉じる。

……今夜はきっと、眠れないだろう。

八　魔石発掘へ向かいます

「サイズは大丈夫そうですわね」

メロディが、わたくしの全身を眺めて大きく頷きました。

エイデン国に到着して二日目の朝。

わたくしは今日、魔石の発掘へ赴くのです。

魔石とは、死んだ魔物の血が年月をかけて凝固し石化したものです。

クウィスロフト国でも採掘できるのですが、クウィスロフト国は魔物の数が少なく、あまり量が採れません。

クウィスロフト国でも、王都から離れた場所の山や森の中には魔物も生息しておりますが、現在コードウェルはグレアム様が領主様として君臨しておりますので、どうやらグレアム様の強大な魔力を感じ取った魔物たちは、遠くに逃げてしまったようなのです。

そして、周辺の山や森の魔石は、グレアム様が魔術具研究のために取りつくして、ほとんど残っていないそうです。

お土産として持ってきた魔術具のお礼に何が欲しいかとエイデン国王陛下が訊ねられたところ、グレアム様が「魔石を発掘させてほしい」とおっしゃったのでございます。

「旦那様はとにかく魔石が大好きですからね。コードウェルに来たばかりのときは、毎日のように魔石を探しに山に入っていましたよ」

メロディがやれやれと息を吐きます。

魔石は魔術具を作るうえで欠かせませんので、魔術具研究が大好きなグレアム様は、無類の魔石コレクターでもあるのだとか。

魔石は買うと高いと聞きますからね。特に、魔石があまり採れないクウィスロフト国ではびっくりするくらいの値段が付けられたりするそうです。採掘できるのならば、断然そちらの方がいいでしょう。

幸いにして、エイデン国は魔物が多く生息しています。それも、強い魔物がたくさんいるのです。それゆえ質のいい魔石もたくさん採れるそうですが、いくらでも余っているから好きに採掘していいと国王陛下がおっしゃっていました。もちろん魔石は資源ですので、余っているからといって他国の人間が好きに持って帰っていいものではないはずです。ですのでこれは、陛下のご厚意だと思います。

……国王陛下は太っ腹ですね！　よほど、グレアム様が贈った空気を循環させる魔術具がお気に召したのでしょう。

そのため、グレアム様は朝からとてもご機嫌です。

いつ鼻歌を歌い出してもおかしくないほどで、ずっとにこにこしていらっしゃいます。

そんな魔石発掘に、わたくしもお供させていただけることになりまして、こうして、ご正妃様からお借りしたシャツとズボンに着替えて準備を整えたところでございました。

寒くないようにと、何枚も重ね着して、その上にコートも羽織ります。

支度がすんだわたくしは、着替えるまで部屋の外で待っていてくださったグレアム様と一緒にお城の玄関へ向かいました。

エイブラム殿下が案内をしてくださるそうで、グレアム様とわたくし、それからオルグさんとロックさん、エイブラム殿下の側近の方三名で出発です。

お留守番のメロディが、少しだけ心配そうな顔をして見送ってくださいます。

「これだけ大きな魔力をお持ちの方が揃っているので大丈夫だとは思いますけど、何かあったら、旦那様を盾にしていいので全力で逃げ帰ってくださいね」

……あのぅ、メロディ。グレアム様を盾にして逃げるのはダメだと思うのです。

グレアム様もあきれ顔を浮かべます。

「俺が、アレクシアを危険な目にあわせると？」

「旦那様が、貴重な魔石を発見して奥様を放置して突っ込んでいく未来が見えます」

「預言者みたいな顔で意味のわからんことを言うな！」

「オルグ、お願いしますね」

メロディは文句を言うグレアム様を無視してオルグさんに念押ししました。

オルグさんがけたけた笑いながら「おう！」と返事をします。

「なあなあメロディ。俺には何もないのか？」

エイブラム殿下が不満顔で言いました。

メロディは笑うように鼻を鳴らします。

「なぜわたしが、エイブラム殿下の心配を？」

「あぁー、心配無用なほど信じてるんだな」

「……。奥様。何かあればエイブラム殿下も盾にしてかまいませんので」

「おい‼」

……メロディ。第三王子殿下を盾にするのも、ダメだと思うのです。

エイブラム殿下が口をとがらせて「つれねぇよなぁ」とぼやいています。

……前からちょっと思っていたのですけど、エイブラム殿下はメロディがお気に入りですよね。

何かとちょっかいを出していますし、軽口をたたきますし。

メロディは、全然相手にしていないようですけど、これはもしかしなくとももしかするのでしょうか。メロディがエイブラム殿下の第四妃になることもあったり……、いえ、なさそうですね。

メロディ。そんな顔をして第三王子殿下を睨んだりしたら、不敬罪になりませんか？

「ほら、行くぞ」

グレアム様がエイブラム殿下の肩を叩いて、わたくしの手を引いて玄関の外に準備されている鳥車に乗り込みます。採掘場所の森までは鳥車で向かうのです。鳥車でなら、片道十五分くらいだとおっしゃっていました。

エイブラム殿下が口をとがらせながら鳥車に乗り込み、扉を閉めました。

メロディが手を振ってくれましたので、鳥車の窓から手を振り返します。

鳥車が動き出して、内臓がふわりと浮いたような奇妙な感覚がしました。

まだ慣れない感覚に、グレアム様が手をつないでくださいます。

エイブラム殿下は窓から小さくなっていくメロディを見下ろしながら、「なあなあ」と言いました。

「メロディのやつ、三年前より尻が小さくなってねぇか？」

「ダイエットしたんだそうだ。本人に言うなよ。殴られるぞ」

「はあ？　なんだってそんな余計なことを。前の方がいい感じだっただろ？」

「なんでもお前の好みを基準にするな。女にはいろいろあるんだ。男が余計な口をきくと、それこそひどい目にあうぞ」

「いろいろってなんだよ、いろいろってよー。はー、俺の尻が」

……話が見えてきませんが、エイブラム殿下、メロディのお尻は殿下のものではありませんよ？

エイブラム殿下はやっぱりメロディがお気に入りのようですが、そんなことを言うからメロディに相手にされないのだと思います。さすがにこれは、わたくしでもわかりますよ。だって、お尻の大きさについて男性にいろいろ言われるのは、その……とっても恥ずかしいと思うのですよ。

「はー。メロディもだが、アレクシアももっと食って肉つけた方がいいぞ。こう、こうな」

「その手をやめろ‼」

自分の胸の前で円を描くように手を動かしたエイブラム殿下を、グレアム様が怒鳴りつけまし

ようか？

話の流れから察しますに、男性はお胸とお尻が大きい女性がいいということでよろしいのでした。

「なんだよ、お前の代わりに言ってやってんだろ⁉」

「代わりってなんだ、代わりって‼　余計なお世話だ‼」

わたくしは思わず、自分の寂しい胸元を見やりました。

……わたくし、どちらもありません。困りました。

わたくしも一応嫁いできた身です。グレアム様の好みもそうなのでしたら、頑張らねばならないかもしれませんが……さて、これはどう頑張ればいいのでしょう。

自分の体を見下ろして首を傾げるわたくしに、グレアム様が額を押さえました。

「アレクシア。あのバカの言うことは気にしなくていい」

「おい、バカってなんだバカって！」

「お前はよくそれで三人も妻を娶れたな」

「うちの嫁たちはエイブラム様かっこいいーって言うぞ！」

「なるほど、できた嫁だな」

グレアム様が面倒くさそうに返して、窓の外を見下ろしました。

「アレクシア、あの森だと思う。下に降りるから、またふわりとするぞ」

わかりました、そろそろ内臓がふわっと浮き上がるような感じがするのですね。

グレアム様がそっと肩を引き寄せてくださいますので、ふわっとした感覚に備えます。

来ました！

きゅっと体に力を入れますと、グレアム様が背中に腕を回してぽんぽんと叩いてくださいます。

やがて鳥車が静かに地上に降り立って、内臓のふわっとした違和感も消えたところで、わたくしはグレアム様とともに車を下りました。

足元も、常緑樹の葉も、雪で真っ白に染まっております。

「さあ、行くか！」

グレアム様の金色の瞳が、いつもよりきらりと輝きました。

「はい！」

これから、人生初の魔石発掘でございます。

楽しみです！


「アレクシア、足元に気を付けろよ」

差し出されたグレアム様の手を握り、わたくしは積もった雪の上を慎重に歩きます。

魔石は、ここにある、と決まっているわけではなく、それこそあちこちに存在しているそうですが、雪が深いので見つけるのも大変です。

魔石化したばかりのものであれば魔力が残っていてそれを感じ取れることがあるそうなのです

が、年月が経つにつれ、魔石に残っている魔力は自然と薄まっていきますから、気付きにくくなるのだそうです。

「もう少し奥まで行って、雪を解かすか」

エイブラム殿下が森の奥の方を指さしておっしゃいます。

魔石は寿命を迎えて死んだ魔物の血液が年月をかけて石化したものですから、魔物が多く生息している場所ほど多く存在します。

エイブラム殿下によると、森の入り口には強い魔物はほとんどいないため、魔石が見つかっても小さくて品質の低いものばかりなのだそうです。

奥に行くにつれて生息している魔物も強大になりますから、いい魔石が手に入りやすくなるのだとか。

魔石にも魔術と同じで、風、火、土、水、そして光、闇の六属性があるそうです。これは、生前の魔物がどの属性を強く持っていたかによって変わるそうです。光と闇の属性を強く持つ魔物は非常に数が少なく、ゆえに滅多に魔石も手に入らないため貴重だとか。

……貴重な魔石を発見したらグレアム様は喜ばれるはずです。わたくし、頑張って探そうと思います。

「アレクシア、抱えるぞ」

奥に行くにつれて、足場が悪くなります。

わたくしがおぼつかない足取りで歩いているのに気付いたグレアム様が、一言断ってから、わたくしを横抱きに抱き上げました。

びっくりして目を丸くするわたくしに、グレアム様が片目をつむって「メロディには内緒にしていてくれ」とおっしゃいます。メロディに知られたら、また「セクハラ！」と言われてしまいますからね。

わたくしは急に近くなったグレアム様の顔にドキドキしながらこくこくと頷きます。

グレアム様はわたくしの歩調に合わせてくれていたのでしょう。わたくしを抱えた途端、歩く速度が上がりました。

エイブラム殿下がグレアム様を振り返り、歩く速度を上げても問題ないと判断したのか、歩調を速めました。

「あの、重くはございませんか？」

ただでさえ足場が悪いのに、わたくしを抱えていては、グレアム様がおつらいのではないでしょうか。

「アレクシアは軽いから、このくらいなんてことはない」

そうおっしゃいますが、グレアム様に嫁いでからそれまでよりたくさん食べるようになりましたので、体重も増えていると思うのです。

心配になって、後ろをついてきているオルグさんを見ますと、オルグさんはニカッと笑って親指を立てました。

……ええっと、グレアム様に任せておけばいい、ということでよろしいでしょうか。

わたくしは歩くのがゆっくりでしたので、この方が早く移動できるのは間違いないと思いますけれど……。わたくし、足手まといですね。

ご迷惑をおかけしてしまったので、ここは、すごい魔石を発見して、少しでもお役に立たねばなりません。

わたくしは感覚を研ぎ澄ませ、周辺の魔力を探ります。

グレアム様に魔術を教えていただいている過程で、魔力の感じ取り方は何度も練習して覚えましたので、これは得意なのです。

グレアム様の腕の中でぎゅっと目を閉じ、魔力を探っていますと、一つ、大きな魔力を見つけました。

「グレアム様、魔石があるかもしれません」

「なに？」

グレアム様が足を止めます。

エイブラム殿下たちも歩くのをやめました。

「この辺はまだ入り口のあたりだ。あってもそれほど強い石はないと思うぞ」

エイブラム殿下はそうおっしゃいますが、感じ取れる魔力はそこそこあると思うのです。

「いや、せっかくアレクシアが見つけたんだ。探してみよう。アレクシア。どのあたりだ？」

「ええっと、あっちです」

グレアム様が地面に下ろしてくださいましたので、足元に気を付けながら魔力を感じ取ったところへ向かって歩いていきます。

しばらく歩きますと、グレアム様の表情も変わりました。

「これは……」

「光属性じゃねえか」

グレアム様もエイブラム殿下も気が付いたようです。

先ほど感じ取ったときには属性はわかりませんでしたが、ここまでくればわたくしにも属性が感じ取れます。エイブラム殿下のおっしゃる通り、光属性です。

「こっちだな」

「はい！」

グレアム様もしっかり魔力を感じ取ったようで、わたくしをもう一度抱き上げると、ずんずんと前に進んでいきます。

そして、魔力のある場所でわたくしを下すと、雪に手をかざして、半径一メートルほどの雪を一瞬にして魔術で解かしてしまいました。

「あった！」

「おい、でかいぞ」

グレアム様が拾い上げた薄い黄金色の魔石を見たエイブラム殿下は目を瞬きました。

魔石は、グレアム様の手のひらほどの大きさです。以前、コードウェルでお湯を沸かす魔術具を見せていただいたときに、表面に付いていた魔石は親指の先くらいの大きさですから、比較すればこの魔石がいかに大きいのかということがわかります。

「このレベルの魔石になる魔物なんて、森のずっと奥に行ってもそうそういないだろう。移動中に死んだのか？」

「そうかもしれない。アレクシア、でかした！　こんな大きな、しかも光属性の魔石は見たことがない」

「ちょ、ちょっと待てグレアム！　さすがにそれは……」

「陛下は採掘したものはくれると言っただろう？」

「……あのさ、その大きさの光属性の魔石って言ったら、国宝扱いになるんだぞ？」

「そんなことは知らんな。陛下から言質は取っている。しかも見つけたのはアレクシアだ。だからこれは俺のものだ」

グレアム様がにこにこと笑いながら言います。その笑顔は少し悪い笑顔でしたが、楽しそうなのでわたくしも嬉しいです。

「親父が知ったら泣くな……」

やれやれとエイブラム殿下が息を吐きましたが、魔石をグレアム様から奪い取ろうとはしませんでした。国王陛下とのお約束ですからね。

「アレクシア、少し重いが持っていてくれ」

グレアム様がわたくしに魔石を手渡して、わたくしをまた横抱きに抱え上げました。

「ほら行くぞ」

「……ああ、もう。仕方ねえ。約束だ。行くか」

エイブラム殿下があきらめたように肩を落として、森の奥へ向けて歩き出しました。

結果、この日は大小さまざまな魔石を合計二十個も発掘することができましたが、光属性の魔石はわたくしが見つけた最初の一つだけでした。闇属性の魔石も見つけられませんでしたから、この二つの属性の魔石がいかに貴重なのかがわかろうというものです。

ちなみにわたくしは、最初の光属性の魔石以外に、水属性と風属性の魔石を発掘しました。

雪を解かしても土に埋まっていて見つけにくいのに、よく見つけられたなとグレアム様もほめてくださいました。

お役に立てたようで、何よりです！

☆

次の日の午後は、グレアム様はエイデン国の魔術具研究所へ向かいました。

わたくしはご正妃様にお茶会に誘われていたので、今日の午後はグレアム様と別行動でございます。同席はできませんがメロディがそばに控えてくれるとのことなので、緊張しますがきっと大丈夫でしょう。

お茶会には、ご正妃様のほかに、エイブラム殿下のご生母の第二妃様もいらっしゃいました。

第二妃様はすらりと背の高い、きりりとした美人さんです。

お茶会は、ご正妃様のお部屋で開催されました。お庭は寒いですからね。

「あの子が迷惑をかけていないかしら？」

ご挨拶が終わったところで、第二妃様が心配そうな顔でおっしゃいます。

あの子、とはエイブラム殿下のことですよね？

「いえ、エイブラム殿下にはとても親切にしていただいています」

「あの子が親切？　……図々しいの間違いではなくて？」

……メ、メロディ！　そこで頷いちゃダメですよ‼

わたくしの席の隣に立っているメロディが、うんうんと首を縦に振ったので焦ってしまいます。

第二妃様がご不快に思われたら大変です。

それなのに、第二妃様は「ぷっ」と吹き出して、そのまま笑い出しました。

「メロディにはいつも迷惑をかけているわねえ。何かあったら今まで通り遠慮なく殴っていいわよ」

「ありがとうございます」

メロディがにこりと微笑んで第二妃様に元気よくお返事しました。

……メロディがエイブラム殿下を殴るのは、第二妃様の御公認があったんですね。びっくりです。

わたくしが目を白黒させていますと、ご正妃様がおっとりと微笑んでケーキを勧めてくださいます。雪のように真っ白なレアチーズケーキです。

「女同士のお茶会っていいわよねえ。陛下たちがいると争奪戦みたいな勢いで食べちゃうんですもの」

わたくしは晩餐の席での国王陛下や王子殿下の食事風景を思い出して、納得しました。そうですね。あの勢いで来られると、目の前に並べられているケーキは一瞬で陛下たちの胃袋へ消えそうです。

「その点、グレアム殿下はがつがつしていなくていいわよね」

「本当に。……陛下たちみたいにうるさくもないし」

ご正妃様と第二妃様が揃ってほぅ、と息を吐きました。そして、これを皮切りに夫や息子たちへの不満が大爆発いたしまして、怒濤の愚痴合戦がはじまります。

……ええっと、ええっと、えええええっと……メロディ！　わたくしはどうしたらいいですか⁉

どうやらご正妃様も第二妃様も、相当な鬱憤を抱えていらっしゃる模様です。

食事の仕方に品がないとか、声が大きすぎてうるさいとか、存在自体が暑苦しいとか……ポンポン飛び出す愚痴におろおろしましたが、一応最初はわたくしもついていけていたのです。

しかしお二人のお話が徐々に過熱して、そのぅ……夜の生活の方面へのご不満にまで向かっていきますと、もうわたくしは顔を赤くしてうつむくしかございません。

わたくしは男女のそのような経験はまったくございませんので、お話についていくことができないのでございます。

お話がどんどんディープになっていって、顔から火が出そうなほどわたくしが真っ赤になったところで、ご正妃様がハッとなさいました。

「あら、アレクシア様には刺激が強かったかしら?」

ご正妃様は、ほほほほほ、と第二妃様と顔を見合わせて軽やかに笑われます。

「まあまあ、この程度の話でそんなに赤くなって。グレアム殿下はさぞアレクシア様が可愛いのでしょうね」

「きっと大切になさっているのね」

うぅ、心なしかお二人の視線が生暖かく感じられますよ。

でも、お二人は勘違いをなさっておいでです。

だって、わたくしとグレアム様は書類上は夫婦ですが、夫婦未満の関係と申しますか……グレアム様は、わたくしをそのような対象には見ておりませんもの。

初日に「嫁はいらん」とおっしゃった通り、グレアム様は妻を求めておりません。

グレアム様はお優しい方なので、わたくしに住む場所を提供してくださいましたが、わたくしはそれ以上のことを求めてはいけないのです。こんなわたくしに優しくしてくださるグレアム様に、ふっ、夫婦であることを求めるなんて、そんな図々しいことはできませんもの。

ですので、わたくしが正しくグレアム様の妻になる日は、きっと永遠に来ないと思われます。

もちろん、他国のお妃様でいらっしゃるお二人にこのようなことは申せません。対外的には、わたくしはグレアム様の妻としてふるまう義務がございます。そうしなければ妙な噂が立って、グレアム様が困ってしまいますから。

でも……どうしてでしょう。

わたくしは、嘘でも「グレアム様の妻」を演じるのが、とてもとても苦しいのです。

きっと「グレアム様の妻」の立場は形式上のものでしかないのだと、わかっているからなのかもしれません。

どれだけ一緒にいても、この先どれだけ月日が経過しても、わたくしはグレアム様の本当の妻にはなれないから。

ずきりと痛んだ胸にそっと手を当てて、わたくしはその痛みに目を背けるように頑張って微笑みます。

ここで悲しい顔はしてはいけません。

わたくしは「グレアム様に大切にされている妻」。

真実の伴わない言葉を何度も自分に言い聞かせて、わたくしは、お二人に対して、幸せアピールをするのです。


「アレクシア?」

夜、ベッドにもぐり込んでぼーっと薄暗い天蓋を見上げておりましたら、メロディが作ったバリケードの向こう側からグレアム様の声がしました。

グレアム様は魔術具研究書を見学されて、夕方、ご機嫌で戻ってこられました。

そのあと、晩餐と入浴を終えて、少し早めに就寝したのですが、いつもより早い時間だったからか、グレアム様はまだお眠りになっていなかったみたいです。

かくいうわたくしも、昼間のお茶会でのことが胸の奥に重石のようにのしかかっていて、なんだか息苦しくて眠れていませんでした。

グレアム様の睡眠の邪魔にならないように静かにしていたつもりですが、わたくしが起きていることを気配で察知してしまったのでしょうね。

「どうかしたのか？　帰ってきたときにも思ったが、なんだが元気がないように見えるが」

「な、なんでもありませんよ……？」

困りました。平然を装っていたつもりですのに、グレアム様には落ち込んでいるのがお見通しだったみたいです。

メロディが枕元までしっかりとバリケードを築き上げたので、わたくしからはグレアム様のお顔は見えませんが、もぞもぞと向こう側でグレアム様が動いたのがわかります。

首を巡らせますと、グレアム様がベッドに上体を起こして、わたくしに向かって手を伸ばしました。

「体調が悪いのか？」

グレアム様の少しひんやりとした手が、わたくしの額に触れます。

前触れなく触れられてドキリとしましたが、グレアム様の手は優しくて安心するので、このまま甘えておくことにしました。

「体調も、悪くないですよ？」

「ではお茶会の気疲れかもしれないな。……やはり俺も一緒に参加すべきだったか」

グレアム様はまるでご自分が悪かったようにおっしゃいますが、ご正妃様からお茶会は女性だけでと言われていたので、グレアム様の同席は無理だったと思いますよ。

それに、わたくしは気疲れを起こしているわけでもございませんし。

「疲れてもいませんよ？　わたくしは元気です」

ただ、ご正妃様や第二妃様に対してグレアム様の妻の顔をするのが……、ちょっと虚しくて、悲しくて、余計なことばかり考えてしまうのでございます。

……そんなこと、グレアム様には言えませんけどね。

グレアム様はわたくしの額を撫でながら押し黙って、やがて小さく息を吐きました。

「メロディには黙っていろよ」

「え？」

何をに当たる部分がなくて首を傾げるわたくしの目の前から、グレアム様の手によってバリケードが取り払われました。

床の上にクッションやら丸まったシーツやらを投げ捨てて、グレアム様がこちらに近寄ってきたと思うと、すっぽりとわたくしを腕の中に抱きしめます。

思わず息を吞んで硬直するわたくしの背中を、グレアム様がぽんぽんと、まるで幼子にするように叩きました。

「言いたくないのなら何があったのかは訊かないが、あまり我慢はするなよ」

「……本当に、大丈夫なんですよ」

でも、グレアム様の腕の中は温かいので、もうしばらくこうしていてほしいです。

ドキドキして落ち着かない気持ちにもなりますが、それ以上にグレアム様の腕の中は安心するのです。

……大丈夫だと思っていたのですけど、グレアム様のおっしゃる通り、わたくしは気疲れを起こしていたのでしょうか。

背中をぽんぽんされていると、だんだんと瞼が重くなっていきます。

……ねえ、グレアム様。わたくしはグレアム様の妻にはなれないのでしょうけど、こうして腕の中で甘えることは、これからも許していただけますか……？

わたくしは、グレアム様のおそばに来てから、どんどん図々しく、我儘になってきているのかもしれません。

だって、この優しい腕の中を、独占したいなんて考えてしまうのです。

そんな我儘で贅沢なこと、口に出すなんてできませんが……このままずっとずっとこうしていたいと願ってしまいます。

胸の奥がきゅうっとなって、ドキドキして、でもたまらなく幸せで――この気持ちは、いったい何なのでしょうか。

九 おそばにいたいのです

エイデン国で五日間を過ごし、わたくしたちは無事コードウェルに戻ってまいりました。

魔石をたくさん得られたグレアム様はホクホクです。

大きな光の魔石は使い道をまだ決めかねているようですが、ほかの魔石は、魔術具研究に役立てるとおっしゃっていました。

大きな魔石もたくさん得られましたので、いい魔術具が作れそうだと嬉しそうです。

魔石以外にも、ご正妃様が、エイデン国で作られた布をたくさんお土産にくださいました。

お留守番をしてくれていたマーシアとデイヴさんにおすそ分けしてもまだまだたくさんありますので、わたくしやグレアム様の服に仕立てることになりました。

それでもまだ余りそうですので、手触りのいい布を選び、わたくしはマーシアに教わりながら枕カバーを作ることにしました。グレアム様にプレゼントするのです。

クレヴァリー公爵領での内乱にはじまり、エイデン国の訪問で中断されていた魔術のお勉強も再開されました。

魔石がたくさん手に入ったので、せっかくだから魔石の扱いを練習しようということになりまして、グレアム様のお部屋で魔石について教えていただくことになりました。

「魔石の属性は、風、火、土、水、光、闇の六属性というのは教えたと思うが、魔術具を作る以外にも魔石があればできることがたくさんある」

グレアム様はローテーブルの上に魔石を六種類並べました。

光属性の魔石と、ほかの風、火、土、水の魔石はエイデン国で採掘したもの。闇属性の魔石は、グレアム様が所有していたものだそうですが、小指の先ほどの大きさでした。これも、グレアム様がツテを使いさらに大金をはたいて購入したものだそうです。エイデン国で見つけた光属性の魔石は大きすぎて、値段が付けられないと言っていました。エイブラム殿下がおっしゃった通り、まさしく国宝級なのだそうです。

「人や獣人、魔物に限らず、魔力には属性というものがある。人は稀に複数の属性を持っていることがあり、俺は五属性。アレクシアも、俺が確認できるだけで四属性の魔力を持っているようだが、それでも持っている属性の中で強い弱いがあるんだ。俺は水の属性が一番強い。アレクシアは火だな」

グレアム様は風、火、土、水以外に光属性をお持ちだそうです。

わたくしは、グレアム様がおっしゃるには風、火、水、光、の四属性だろうとのことでした。

光と闇属性の魔力はすごく珍しいらしいので、グレアム様もわたくしも珍しい人間なのだそうです。

持っていない属性の魔術も、練習すれば使えます。

けれど、持っている属性の魔術の方が扱いやすく、また高度な魔術が使えるそうです。

「持っていない属性の魔術は、修練度合いや魔力量によって変わるが、高度な魔術になればなるほど扱いにくくなる。そういったときに、その属性の魔石を補助として使うんだ」

魔石に魔力を込めるときは、特に属性を気にしなくてもいいそうです。

そして魔力を込めた魔石を補助として、魔術を行使すれば、自分が持っていない属性の魔術も扱いやすくなるとのことでした。

「アレクシアはどの属性でも中級くらいまでは楽に使えるだろう。だが、上級以上になると、保有していない属性の魔術を使うときは魔石の補助があった方がいい。その方が消費魔力も少なくてすむし、何より楽だからな」

つまり、わたくしが保有していない土と闇の魔石は持っていた方がいいということでしょうか。

「闇の魔石はこれしかないから、今度アレクシア用の闇の魔石を探そう。土の魔石はこれをやるから、持っているといい」

そう言って、直径五センチ程度の土の魔石を一つわたくしの手に載せてくださいました。

「魔石にはほかにも使い道はあるにはあるが、それについてはおいおいな。今はこの魔石に魔力を込めて、魔術の補助に使う方法を教えてやる」

「はい！」

土の魔石は、白っぽい半透明の色をしていました。グレアム様に教えていただいた通りに魔力を込めていきますと、キラキラと輝きはじめます。

「じゃあ土魔術だが……部屋の中で強い魔術を使うわけにもいかないからな。そうだな……。よし、アレクシア。少し寒いがバルコニーへ行くぞ」

グレアム様が手を引いてくださいましたので、わたくしはバルコニーへ向かいます。

コートを羽織っておりませんので少し寒いですが、先ほどまでいた部屋の中が暖炉の炎で温められておりまして、体が充分ぽかぽかしていますので、それほどではありません。

「ここから見える庭の、そうだな、あのあたりに魔術で穴でも開けてみてくれ」

「わかりました」

庭には雪が積もっておりますが、グレアム様が指さした先は、雪の下には地面があるそうです。

石畳に魔術を使いますと元に戻すのが大変ですが、地面なら埋めればいいだけだから大丈夫だとグレアム様がおっしゃいます。

わたくしは両手で魔石を握り締め、グレアム様から以前教わった土魔術を使いました。

「土よ……」

わたくしはまだ言葉にした方が魔術が使いやすいため、口の中で小さくつぶやきます。

直後、手の中の魔石が強く輝き、ボコッと大きな音を立てて、庭に巨大な穴が開きました。

「……あー」

グレアム様が、大きな穴を見て頬をかきます。

おかしいです。今のは初級魔術のはずですのに、以前教えていただいたときとは比べ物にならないほどの大穴が開いてしまいました。

……これが、魔石の力。

以前よりも力を使っていなかったのに、以前よりも威力が大きいなんて。

「まずいな。早く戻そう。さもないと……」

「旦那様‼」

「遅かった……」

グレアム様が頭を抱えるのと、バーンと扉が開け放たれたのは同時でした。

「何を考えているんですか旦那様‼　今すぐ元に戻しなさい‼」

目を吊り上げ、腰に手を当てて仁王立ちしたマーシアが、グレアム様を叱りつけました。

「マーシア、あれは、わたくしが……」

犯人はわたくしですから、グレアム様を叱ってはいけません。

ですのに、マーシアはにこりとわたくしに向かって微笑んでから続けます。

「奥様が独断でなさるはずはありませんから、旦那様の指示でしょう？　まったく、小さな子供でもないのに庭に落とし穴を掘るなど、何を考えていらっしゃるのか」

「マーシア、落とし穴を掘ったわけじゃ……」

「言い訳は結構です‼　早く元に戻しなさい‼」

いたずらをした子供を叱る母親の顔でマーシアがグレアム様に命じます。

グレアム様ががっくりと肩を落として、庭の大穴を一瞬にして元通りにしました。

マーシアが満足そうに頷きます。

「よろしい。では旦那様、奥様、そろそろ昼食のお時間ですよ」

ハッとして時計を見れば、いつの間にかお昼の時間になっていました。

今日の魔術のお勉強はここまでのようです。

☆

「闇の魔石となると……そうだなあ、オーデン侯爵領の、国境付近の森にあるかもしれない」

次の日、グレアム様に呼ばれて領主の執務室へ向かいますと、ソファ前のローテーブルにクウィスロフト国の地図を広げていらっしゃいました。

さっそく、わたくしのために闇の魔石を探してくださるらしいです。

魔石は、「魔石商」と呼ばれる、魔石を専門に扱っているお店で売られていますが、光や闇の魔石は、市場には滅多に出回りません。

その希少性から、発掘されますと、たいてい王家に献上されるからでございます。

グレアム様が闇の魔石を入手できたのも、知り合いの魔石商に頼み込んで、大金を投じたからしいのです。しかも、手に入れるまで五年も待ったとのことでした。同じように知り合いの魔石商に頼んでも、以前のように長く待たされる可能性が高いので、それならばいっそ、自分で探しに行くことにしたのだそうです。

オーデン侯爵領は、コードウェルから南に馬車で二週間ほどの距離です。

クウィスロフト国の東側は二つの国に面していますが、そのうちのケイジヒルという国が、オーデン侯爵領と国境を接しております。

「ケイジヒル国は、比較的闇の魔物が多い。あくまで、他と比べてという意味だから、たくさんいるというわけではないんだが、それでも近隣の国の中では一番闇の魔石が発掘される国だ。その国境近くのオーデンの森には、ケイジヒル国の魔物が入り込むから、もしかしたら見つかるかもしれない」

さすがに、他国に勝手に魔石を採掘しに向かうわけにはいきません。それは盗掘になってしまいますから。なので、ケイジヒル国との国境ギリギリの森で探すことにしたそうです。

闇の魔石が入手できたら、昨日いただいた土の魔石とともに、ペンダントに加工してもらう予定です。魔術師はそうして、自分にない属性の魔石を、装飾品に加工して持ち歩くとのことでした。

グレアム様は、一つしかない闇の魔石を魔術具研究に使うべきか魔術補助に使うべきかいまだに決めかねていて加工していないそうですが、二つあれば一つは指輪か腕輪に加工するとおっしゃっていました。大きい魔石でしたら二つに割ればいいのですけど、グレアム様がお持ちの闇の魔石はとても小さいですから、割って使うのは無理だそうです。

今回のオーデン侯爵領の森で、闇の魔石がたくさん見つかるといいのですけど。欲張りすぎでしょうか。

「魔石の発掘に向かうのはわかりました。でも、他領で採掘させてもらっても問題ないのでしょうか？」

コードウェルの中でしたら、グレアム様が領主様ですのである程度自由がききます。

しかし、たとえ王弟であろうとも他領では好き勝手なふるまいはできません。無断で他領の魔石を採掘したら、やっぱり盗掘になってしまうと思うのです。

「オーデン侯爵はじじいと仲がいいからな。あと、五年前にケイジヒルから領内に大量の魔物が流れ込んできたことがあって、その討伐に俺が出向いた。そのときの貸しがまだ有効だから、多少の無理はきくんだ」

オーデン侯爵は五十歳ほどの方ですが、バーグソン様の亡き奥様の親戚筋だそうで、親交があるのだそうです。

そのため、五年前に魔物が領内に大量に入り込んできた際に、バーグソン様を通してグレアム様に助力を乞われたとか。

クウィスロフト国では、魔物が人里まで下りてくることは少ないのですが、何かの拍子にやってきて、人に危害を加えることがございます。クウィスロフト国は水竜様のお力なのか、人を食料にするような強い魔物が入り込むことは少ないのですけど、弱い魔物でも魔術が使えない方にとっては脅威になります。

クウィスロフト国で魔物が暴れるときは、たいていが国境の近くで強い魔物が発生し、それより弱い魔物がパニックを起こして大移動してくるときなのだそうですが、魔物が人里に下りてきた場合はどのような理由であれ討伐対象になるのです。

五年前、オーデン領を荒らしていた魔物たちは、そこそこ強い魔物たちで、オーデン侯爵領の軍では歯が立ちませんでした。国に魔術師軍の派遣を依頼することも考えたそうですが、依頼から派遣まで、どんなに早くとも数日はかかり、それまでに魔物たちに領内の家畜などが食い散らかされる可能性が高かったのだとか。

ゆえに、国の魔術師軍ではなく、グレアム様の方に連絡が入ったとのことでございます。

ちなみに、グレアム様はお一人で向かわれて、たくさんいた魔物たちをあっという間に一掃してしまったそうです。さすが、お強いですね。

ちなみに、寿命を迎えて死んだ魔物は魔石を生みますが、討伐した魔物は魔石を生みません。ですので魔物をいくら討伐したところで魔石は手に入らないのです。

「俺が直接連絡を取ったら怖がらせるだろうからな。じじいに頼んで魔石の採掘を許可してもらおう」

グレアム様はこんなにお優しいのに、金色の目のせいで恐れられています。

わたくしも、目のことはさんざん言われてきましたから、多少なりともグレアム様のもどかしい気持ちはわかるつもりです。

グレアム様がわたくしが不安を覚えたときにしてくださるように、わたくしはそっとグレアム様の手を握りました。

グレアム様が目を丸くして、それから小さく笑います。

「大丈夫だ。別に俺は気にしていない。この目のことには慣れたからな」

コードウェルでは、金色の目に偏見はありません。

エイデン国でもそうでした。

だから、金色の入った目がクウィスロフト国で嫌われていることをたまに忘れそうになってしまいますが、こういうときに思い知らされます。

グレアム様は、領地から滅多にお出にならない領主様です。

社交シーズンも、王都へは足を向けません。

金色の目に対する偏見がそうさせるのは間違いないと思います。

それなのに、わたくしの闇の魔石を探すために、グレアム様は嫌な思いをするかもしれない他領へ向かうことにしてくださったのです。

もちろん自分のことですから、わたくしも向かいます。でも、グレアム様はすでに闇の魔石をお持ちですから、わざわざ出向かなくてもいいのに。……わたくしのために。

……グレアム様、お優しい。

とくん、と心臓がいつものドキドキとは違う音を立てました。

わたくしはこういった感情にとても疎いですからはっきりとはわかりません。わかりませんが、たぶん、きっと、おそらく――、この感情は「好き」の感情だと思います。

エイデン国でも同じようにドキドキしたり、胸がきゅうっとなったりしたので、ずっと考えていたのですが、この感情に名前を付けるなら「好き」以外のものをわたくしは思いつかなかったのです。

エイデン国から帰ってきて、一人の部屋で寝る夜がとても寂しくてつい隣にグレアム様を探してしまうのです。

またあの夜のように、優しく抱きしめてくれないかしらと、隣にいないグレアム様を想像して願ってしまうのです。

わたくしはいつの間にか、このお優しい大魔術師様のことが大好きになっていたのでしょう。

わたくしは形式上の妻ですから、自覚したところでこの気持ちは口には出せません。出せばきっと、グレアム様をとても困らせてしまうから。

「オーデン侯爵に了承を取る必要があるから、すぐに向かうことはできないが、じじいに頼んでおけばそのうち許可が得られるだろう。すぐに見つかるとは思えないから、一週間は自由に出入りできるように許可をもらうつもりだ。あわせて魔石商にも闇の魔石が見つかればすぐに知らせろと言ってある。必ずお前の闇の魔石を手に入れてやるからな」

そう言って、グレアム様が頭を撫でてくださいます。

ここには「おさわり厳禁！」といつも止めにくるメロディがいませんので、グレアム様も遠慮なく触れてくださるのです。……メロディはわたくしのために言ってくれているのはわかっているのですが、こうして触れていただけるのはとても嬉しいので、今メロディがいなくてよかったと、失礼なことを考えてしまいました。

「――なあ、アレクシア」

「はい」

グレアム様がわたくしの頭を撫でながら、改まったような表情で口を開きました。

「もし、もしよかったらなんだが……、嫌でなければ、俺と」

「旦那様、今よろしいでしょうか？」

「――――」

グレアム様の言葉を遮るようにコンコンと外から扉が叩かれて、グレアム様が憮然とした顔で閉口しました。

この声はデイヴさんの声です。ちょっと困っている？　焦っている？　そんな感じがする声ですので、何かあったのかもしれません。

「なんだ」

グレアム様が不機嫌そうな声で訊ねました。

デイヴさんが扉を開けて入ってきます。

その眉は八の字になっていたので、やっぱり何か困りごとのようです。

「それが……その、こちらが先ほど到着いたしまして」

デイヴさんの手には一通の手紙が。

グレアム様が受け取って、封印を確認いたします。

当然その封印は、隣に座っていたわたくしの視界にも入り込んで――

「お父様からですね……」

封印は、父、クレヴァリー公爵のものでした。


グレアム様が、やや乱暴にペーパーナイフで封筒の封を切ります。

父からグレアム様に宛てた手紙ですので、わたくしが見てはいけません。わたくしは手紙の内容が視界に入らないように視線を落として、ローテーブルの上の地図を見つめました。

父と言いますと、クレヴァリー公爵領の方は大丈夫なのでしょうか。

異母姉は王命で獣人のブルーノさんという方に嫁ぎました。

内乱を起こしたブルーノさんたち獣人に与えられた封土は小さいものだそうですが、コルボーン子爵領として、新たに独立した領地となっています。

コルボーンというのは、そこにあった村がコルボーンという名前だったそうで、ブルーノさん本人がその名前を名乗ることにしたからだそうです。

ですので、ブルーノさんは、ブルーノ・コルボーン子爵となります。

……お姉様は、獣人さんに偏見がある方ですが、ブルーノさんとうまくやっているのでしょうか。

領地を整えるために国からの補助が出たそうですので、現在、コルボーンの村があった場所を整えて子爵領にふさわしい町を作っていると聞きます。領主館も建て、移住者が増えても大丈夫なように、町を広く整備するのです。

現在はまだ数十人の獣人と異母姉のダリーンのみだそうですが、各地に住んでいる獣人から移住届も出はじめているそうですから。

「ふざけるな！」

コードウェルのように獣人の暮らしやすい場所が増えるのは素敵なことですねと、南の端っこにあるコルボーン子爵領に思いをはせておりますと、グレアム様が突然拳でテーブルを殴りました。

急なことでしたので、驚きのあまりびくりとしますと、グレアム様がハッとしてわたくしの肩に触れ「驚かせて悪かった」とおっしゃいます。

「どうなさったんですか？」

グレアム様はお怒りのようです。

ぐしゃりと手紙を握り締めているところを見ると、父からの手紙によほど面白くないことが書かれていたのだと思われます。

グレアム様は少し迷ったようですが、握りつぶした手紙をわたくしに渡してくださいました。

破れないように丁寧に手紙を広げて目を通したわたくしは、小さく息を呑みます。

書かれている内容はわかります。わかりますが。

……あの、ちょっと意味不明すぎて理解が追い付きません。

「あの、これは、本当にお父様からのお手紙でしょうか」

わたくし、父の字は知りません。見たことがないからです。そもそも、父とはほとんど関わりを持ったことがないのです。父がわたくしを避けていましたから。

だから、これが本物の手紙なのか偽物の手紙なのかも判断が付きません。

封印は、クレヴァリー公爵家の紋章でしたので、本物のように見えましたけど。

「公爵家の使いが持ってきたので本物でしょう」

デイヴさんが困惑顔で教えてくださいました。

つまり、父は飛脚を使わずに公爵家の使用人に手紙を運ばせたのですね。

十数年ほど前に民間に郵便会社ができて、最近では貴族も郵便会社にお手紙を運んでいただくことが増えました。しかし、機動力を重視して、飛脚には獣人が多く雇われています。獣人への差別感情が強い貴族ほど、郵便会社に手紙を預けることを嫌うので、おそらく父もそういった意味で郵便会社を使わなかったのでしょう。

ちなみにグレアム様は、ロックさんたち諜報隊にお願いした方が早いので、もっぱら彼らをお手紙係に使っています。ロックさんが「諜報隊なんですけど」とこぼしていたのを聞いたことがございました。諜報部隊は、あまり顔が割れないようにしなくてはならないので、雑用に使ってほしくないらしいです。ですがグレアム様は「調査するときは鳥の姿になっていて、普通の人間は見分けが付かないから関係ない」とおっしゃって、ロックさんは苦笑していらっしゃいました。

「アレクシア。クレヴァリー公爵がこのようなことを言い出した理由がわかるか？」

「いえ、わたくしにもさっぱり」

わたくしは手紙をグレアム様にお返ししながら首を横に振りました。

父の手紙は、クレヴァリー公爵家の跡継ぎについての相談でした。

異母姉のダリーンがブルーノさん――コルボーン子爵に嫁いだため、跡取りから外れたのです。

それは以前にグレアム様から聞いておりましたので、わたくしも知っております。

ですから、クレヴァリー公爵家の跡取りは、親戚筋の誰かになるだろうと漠然と考えておりましたが、わたくしは親戚ともほとんど面識がございませんので、誰になるかははっきりとわかりませんでした。

父に兄弟はおりませんでしたので、なんとなくですが、父の従兄弟か、その息子になるだろうなと思ったくらいです。

それですのに……。

「あの、わたくしの読み間違いでなければ、わたくしを跡取りとしたいと書かれていた気がします」

「俺にもそう読めたから間違いではないな」

だとすると、やっぱり解せません。

父はわたくしを疎んじておりました。

異母姉ではなくわたくしをコードウェルに嫁がせたのは、父としては厄介払いのつもりだったはずです。

邪魔な娘がいなくなって父は清々しているはずですのに、どうしてわたくしを跡取りにするなどと言い出したのでしょう。

「デイヴ、ロックを呼んでくれ」

グレアム様がこめかみを押さえてデイヴさんに指示を出します。

デイヴさんが扉の外にいた兵士を呼び止めて、ロックさんを呼んでくるように伝えました。

やがして、ロックさんがいらっしゃいますと、グレアム様は難しい顔でロックさんにこう質問しました。

「クレヴァリー公爵家の跡取りは誰になる予定か知っているか？」

グレアム様は、ロックさんに指示を出してクレヴァリー公爵家のことを調べさせているのだそうです。

「おそらくですが、公爵の従兄弟のデイヴィソン伯爵の息子ではないですかね」

デイヴィソン伯爵のお名前は知っています。クレヴァリー公爵領の中の一つの大きな町を治めていらっしゃる代官です。

父はデイヴィソン伯爵があまりお好きではなかったようで、伯爵が邸に訪ねてきたときはよく喧嘩になっていました。わたくしは顔を出すなと言われていましたので、どのような様子だったのかは存じませんが、言い争う声はたびたび耳にしたことがございます。

わたくしが知っていることを話しますと、グレアム様がなるほどなと頷きました。

「つまり、デイヴィソン伯爵の息子に公爵家を譲りたくないと、そういうことか」

「おそらくは。ただ、跡取りの最有力候補……確か、エルマン様はなかなか優れた方のようですよ。まだ二十歳ですが、穏やかで、獣人に対する差別意識もほとんどない方ですし、頭の回転も速い。何人かいる候補の中でエルマン様の名前が挙がったのは、女王陛下の指示があったからのようですし」

ロックさんが答えます。

クレヴァリー公爵領では獣人たちによる内乱が起こって、エイデン国まで関わる問題になってしまいました。ゆえに女王陛下も、獣人たちと軋轢のない人物を後継者に据えたいと考えられたのでしょう。

でも、父はそれが面白くない、と。

そうは言いましても、わたくしはもう、グレアム様に嫁いでいる身なのですが。

「ダリーンを据えるわけにはいかないからな。嫁いだ理由が理由だし、何よりあの女はエイブラム殿下や俺に対して不敬を働いた。今回はブルーノたちの起こした内乱をやめさせるために嫁がされたから、命令通り嫁ぐのであればその罪は問わないことになったが、そうでないなら話は別だ。離縁した瞬間投獄されるのは間違いない。そうなればどうあっても跡は継げないからな」

……どうやらお姉様は、エイブラム殿下とグレアム様に失礼な態度を取ったらしいです。獣人や金色の目を嫌うお姉様ならやりそうなことではありますが、王弟や他国の王子殿下相手に失礼な態度を取って許されるはずがありません。

「でも……わたくしもグレアム様に、その、嫁いでおりますよ……？」

わたくしも、女王陛下の命令で嫁いだのです。

姉とは状況は違いますが、ご命令には変わりありません。

ですので、父の一存で、わたくしを公爵家の跡取りにすることはできないのです。

「だからこそのこの手紙だ。俺の方からお前と離縁しろと言いたいんだ。女王の命令でも、弟の俺だったら突っぱねられると踏んだんだろう。馬鹿にしている」

グレアム様が忌々しそうに舌打ちなさいます。

わたくしは胸の前でぎゅっと自分の手を握り締めました。

そうです。

グレアム様は王弟。

本気になれば、離縁してわたくしをここから追い出すことも可能なのです。

その事実に、わたくしは血の気が引きました。

疎んじているわたくしを跡取りに据えたい父の気持ちはさっぱりわかりませんが、父の要望通りにグレアム様がわたくしと離縁することを選んだらどうしたらいいのでしょう。

指先が震えてきます。

どうしましょう、目の縁に涙が盛り上がっていくのもわかります。

ここで泣いてはいけません。グレアム様を困らせてしまいます。

でも、止まらないかもしれません。

「わ、わたくしっ、ちょっとバスルームに……」

このままではここで泣き出しそうですので、わたくしは感情が落ち着くまで逃げることにしました。

けれど、立ち上がろうとしたわたくしの肩を、グレアム様が押しとどめます。

「ロック、事情はわかった。下がっていい。デイヴもだ」

グレアム様がロックさんとデイヴさんを退出させました。

部屋に二人きりになると、グレアム様がわたくしを引き寄せてぎゅっと抱きしめてくださいます。

「泣くな。落ち着け。俺は離縁などしないし、お前を公爵家に送り返したりしないぞ」

ぽんぽんと、優しく頭を撫でられたからでしょう。

我慢していた涙が、一気にあふれ出しました。

「アレクシア？　なぜ泣くんだ⁉」

泣くなと言ったのに泣き出したわたくしに、グレアム様が焦った声を出します。

頭を撫で、背中を優しくたたき、顔を覗き込んでおろおろなさいます。

……ああ、やっぱりわたくし、グレアム様が好きです。

ですから、離縁などしたくないのです。

クレヴァリー公爵領など別に欲しくありませんし、今更父に必要とされたいとも思いません。

ただ、グレアム様のそばにいたいのです。

これは我儘かもしれません。わたくしのような者が望んではいけない、図々しいことかもしれません。

でも、口にせずにはいられないのです。

「わ、わたくし……グレアム様のおそばにいたいです……」

お願いですから、どうかこの先もずっと、おそばにいさせてほしいのです。

形式上の妻で構いません。

ただ、おそばにいられるだけで充分です。

だから——

「……捨てないで…………」

小さく、まともに声になったかどうかもあやしいほどの小声でつぶやいたわたくしの声を取りこぼすことなく拾ってくれたのでしょう。グレアム様が息を呑みます。

そして、ぐっと、一瞬何かに耐えるような顔をしたと思った、直後のことでした。

「悪い」

短く一言。

何が悪いのかと考える暇もなく、わたくしの唇はふさがれました。

エピローグ

頭の中が真っ白になりました。

見開いた目に、グレアム様の艶やかな銀髪が映ります。

唇が熱くて、ドキドキしすぎて胸が苦しくて、何も考えられません。

時間にして、わずか数秒のことだったはずです。

わたくしには永遠に感じられた数秒が終わり、グレアム様がそっと唇を離しました。

けれどまだ顔と顔の距離は近くて、ちょっと熱いグレアム様の吐息が唇に触れます。

こつん、と額同士が合わさって、グレアム様の綺麗な金色の目が、わたくしの目を覗き込みました。

「……悪い」

唇がふさがれる前と同じ言葉を、グレアム様がおっしゃいます。

何が「悪い」のかはまだわかりません。

でも、どうしてでしょう、さっきまで不安で不安で仕方がなかったのに、わたくしの頭の中からはその「不安」がいなくなってしまったように思えます。

かわりにドキドキして、そわそわして、意味もわからず叫び出したいようなよくわからない混乱が頭の中を占めているのです。

「アレクシア」

額同士をつけたまま、近い距離で名前を呼ばれるのがくすぐったいです。

「なあ、アレクシア。お前は、初対面のときに面と向かって失礼なことを言った俺のそばにいたいと、本当にそう思っているのか？」

ささやくように、優しい声です。

失礼なこととはなんでしょう。

思い出そうとしましたが、初対面のときにグレアム様に失礼なことを言われた記憶はございません。

困っていますと、グレアム様がもっと困った顔をしました。

「その、つまみ出せと、そう言っただろう？」

それならば聞きました。

ですが、それは失礼なことではないでしょう？

わたくしが嫁いできたのはグレアム様のご意思ではありません。

いきなりみすぼらしい女が現れて、その女を妻にしろと命じられたグレアム様が苛立つのは仕方のないことです。

わたくしがそう言いますと、グレアム様がぐしゃりと顔をゆがめました。

泣く一歩前のような、そんな顔です。

「……あんなこと、言うべきではなかった」

グレアム様がわたくしを抱き寄せ、わたくしの頭に頬を寄せました。

グレアム様が悔やむ必要はないのに。

だって苛立つのは当然です。

……お優しい方。

思えば、グレアム様はずっとお優しかったです。

望まぬ妻が送り付けられてきたというのに、そのわたくしをここに住まわせてくださいました。

魔術を教えてくださいました。

こうして抱きしめてくださいました。

メロディは怒りますが、ここに来るまで誰かに抱きしめられた記憶のないわたくしは、こうしてグレアム様に抱きしめられるのが、とてもとても嬉しいのです。

「なあ、アレクシア。お前が俺のそばにずっといたいと、そう思ってくれるのならば……きちんとしよう」

「きちんと、ですか……？」

わたくしの涙はどうやら引っ込んだようです。

グレアム様が抱きしめてくださるから、ドキドキするけどとても安心するのです。

ああ、でも、まだ唇に熱が残っている気がしますから、そわそわは収まりません。

ドキドキしたりそわそわしたり、安心したりと、わたくしの心はとても忙しいです。

グレアム様がゆっくりと体を離して、そしてまた、こつんと額同士をくっつけます。

「ちゃんと結婚式をしよう。夫婦になろう。姉上の命令ではなく、俺自身が、アレクシアと結婚したい」

「……え？」

思いもよらなかった言葉に、わたくしの思考が停止します。

ドッドッドッドッと心臓がびっくりするような速さで脈を打ちはじめました。

わたくしは、グレアム様の妻ですが、形式上の妻でして。

だから、結婚式はしないものと思っておりましたし、きちんと「夫婦」にはなれないと思っておりまして。

だから――だから、どうしましょう。泣きそう。

「アレクシア⁉」

ぽろり、と引っ込んだはずの涙がこぼれ落ちました。

グレアム様がおろおろなさいます。

おろおろするグレアム様は、どうしてでしょう、とても好きです。

なんだか安心するのです。

わたくしのためにおろおろしてくださっていると、わかるから。

だから、泣きながら、わたくしは笑います。

変な顔になったかもしれません。

「わたくしも、グレアム様とちゃんと夫婦に、なりたいです」

きっとぐしゃぐしゃに歪んでいるだろう顔で告げますと、グレアム様がひゅっと息を呑んで、
そして力いっぱいわたくしを抱きしめました。
そして、間髪を入れず唇がふさがれて。
わたくしは、今度はうっとりと、目を閉じました。

（一巻　終わり）

novel スピラ

大魔術師様に嫁ぎまして
～形式上の妻ですが、なぜか溺愛されています～

発行日 2023年12月18日　第1刷発行

著者　狭山ひびき

イラスト　木ノ下きの

編集　濱中香織（株式会社imago）
装丁　しおざわりな（ムシカゴグラフィクス）
発行人　梅木読子
発行所　ファンギルド
〒160-0022 東京都新宿区新宿2-19-1ビッグス新宿ビル5F
TEL 050-3823-2233　https://funguild.jp/
発売元　日販アイ・ピー・エス株式会社
〒113-0034 東京都文京区湯島1-3-4
TEL 03-5802-1859 / FAX 03-5802-1891
https://www.nippan-ips.co.jp/
印刷所　三晃印刷株式会社

この作品はフィクションです。実在の人物・団体・事件などには一切関係ありません。
本書の一部または全部を複製・転載・上映・放送する場合、
あらかじめ小社宛に許諾をお求めください。
また、本書を代行業者等の第三者に依頼してスキャンやデジタル化することは、
それが個人や家庭内の利用であっても著作権の利用上認められておりません。
造本には十分注意しておりますが、万一、落丁乱丁などの不良品がございましたら、
購入された書店名を明記の上で小社編集部までお送りください。
小社送料負担にて、良品にお取替えいたします。
ただし、新古書店で購入されたものについてはお取替えできませんので、予めご了承ください。

©Hibiki Sayama / Kino Kinoshita 2023

ISBN 978-4-910617-17-6　Printed in Japan

この作品を読んでのご意見・ご感想は
「novelスピラ」ウェブサイトのフォームよりお送りください。
novelスピラ編集部公式サイト　https://spira.jp/